贺仲明 /著

审美与省思

/对话现代文学经典/

花城出版社
中国·广州

图书在版编目（CIP）数据

审美与省思：对话现代文学经典 / 贺仲明著. -- 广州：花城出版社，2022.9
ISBN 978-7-5360-9738-4

Ⅰ. ①审… Ⅱ. ①贺… Ⅲ. ①中国文学－现代文学－文学评论－文集 Ⅳ. ①I206.6-53

中国版本图书馆CIP数据核字(2022)第136166号

出 版 人：张 懿
责任编辑：周思仪 王梦迪
技术编辑：凌春梅
封面设计：L&C Studio

书　　名	审美与省思：对话现代文学经典	
	SHENMEI YU XINGSI：DUIHUA XIANDAI WENXUE JINGDIAN	
出版发行	花城出版社	
	（广州市环市东路水荫路11号）	
经　　销	全国新华书店	
印　　刷	恒美印务（广州）有限公司	
	（广州南沙经济技术开发区环市大道南路334号）	
开　　本	880毫米×1230毫米　32开	
印　　张	7　2插页	
字　　数	120,000字	
版　　次	2022年9月第1版　2022年9月第1次印刷	
定　　价	58.00元	

如发现印装质量问题，请直接与印刷厂联系调换。
购书热线：020-37604658　37602954
花城出版社网站：http://www.fcph.com.cn

文学发展的历史,是建构、解构与重构经典的复杂过程

文学经典——永恒及其重读

（代序）

关于经典，有永远说不完的话题，包括争议。但无可置疑的是，文学经典是文学魅力之重要所在。文学史上的经典作品，是人类文明的宝贵财富，也是人们心灵最美好的滋育者。我们每一个喜爱文学的人都肯定有过阅读文学经典作品的美好感受——那种难以言说的沉醉、愉悦乃至迷狂，无疑是我们热爱文学的最根本原因。

经典具有永恒性，但是经典又绝不是封闭的，而是具有充分开放性的。一千个读者有一千个哈姆雷特。正是在不同人群、不同代际的阅读中，文学经典被不断赋予新的含义，焕发出新鲜生命力，从而持续在历史中流传。

现代文学经典更是如此。由于时间距离的相对短促，现代文学经典还没有进入到完全稳定期，而是仍然处在变动中。随着时间的流逝，现代文学经典的内涵肯定还会发生变化,其中的作品也还会有所迁移。这是现代文学经典与古代文学经典的差别。

相比于古代文学,现代文学与我们的生活又更为密切,我们对它们的感受也更直接。事实上,我们每一个当代人,都是现代文学经典的重要评判者,我们的阅读、感受和评价,都会影响这些作品在未来文学史上的位置。毕竟,我们与这些经典相距很近,后来人永远不可能拥有与我们一样的视野和感受。

当我们阅读古代文学经典的时候,更普遍的姿态是仰望,是遥观,就像观看天上遥远的灿烂星河;但我们阅读现代文学经典的时候,却不免会带有更多严峻的审视甚至苛求——就像我们对自己很亲近、很关切的人,往往会有更高的要求,会有不自觉的期待和严格……

正是在这样的心态下,我有了这部与现代文学经典的"对话"。较多的感性认知,较多的情感介入,以及一些可能过于严格的"酷评",都可能糅杂其中。就我个人的主观感受,文学经典最基本的内涵在于审美,因此,我与经典"对话"的第一前提是审美,阐释其美学内涵,表达我的审美感受,是最基本的内容;其次就是思想,文学经典不能缺乏思想之美——毫无疑问,创造而深刻的思想具有独特的美感,并激发我们的心灵和大脑——因此,从思想角度考量现代文学经典,我也觉得必不可少。

总的来说,在阅读中既鉴赏又具批判性思考,是我们与现代文学经典相遇的必然过程,也是任何作品在经典化过程中都需要经历的命运——说到底,我们每一个人、每一部作品都会是历史的一部分,都无法逃脱历史选择的宿命。我们也只能承受乃至喜爱这一命运。

贺仲明

2022年4月10日于羊城

目 录

上 辑

文学经典的命运与文学的前景 / 3

文学批评与文学史构建中的外在因素影响
——以丁玲等文学史评价为中心 / 13

"十七年文学"评价与文学经典性问题 / 30

五四作家对中国传统文学经典的重构 / 50

回到文学的鲁迅
——对当前鲁迅研究的思考 / 93

文学中的伦理与人性
——从对张爱玲、萧红评价引发的思考 / 110

下 辑

鲁迅《阿Q正传》：阿Q为什么是农民？ / 129

鲁迅《秋夜》：文本法之于鲁迅作品教学与研究 / 137

废名《竹林的故事》：自然生命观下的美与悲 / 146

周作人《故乡的野菜》：以淡写浓，别赋深情 / 162

萧红《小城三月》：个人之爱与民族之痛的交融 / 166

艾青《雪落在中国的土地上》：自我与时代的心史 / 179

徐志摩《再别康桥》：自然与节制之美 / 195

周立波《禾场上》：匮乏时代的素朴之美 / 208

上 辑

文学经典的命运与文学的前景

20世纪90年代后中国社会进入信息化时代,文学经典遭遇到被轻忽和被亵渎的虚无化命运。这并不主要表现在文学外部,虽然受整个文学环境的影响,文学经典的阅读者呈现减少的局面,它对社会大众的影响力也逐渐降低,但相比之下,文学经典还是始终有比较稳定的读者市场。[1]文学经典虚无化的最主要表现是在文学内部。自90年代以来,许多作家和批评家表现出非常强烈的鄙弃和挑战经典的意愿。例如90年代初一度很受人关注的"重排大师"事件就可见一斑。

---

[1] 例如,据有关调查资料,中国古典四大名著的销售量一直很好,甚至是许多文学出版社得以维持生存的重要图书。参见陈力君《世纪之交文学生态系统中经典的命运轨迹》,《理论与创作》2006年第1期。正是建立在这一认识前提上,本文更侧重从文学内部谈信息时代的文学经典问题。从外部角度已经有许多学者做了论述,如赵学勇《消费时代的"文学经典"》,《文学评论》2006年第5期;李春青《文学经典面临挑战》,《天津社会科学》2005年第3期等。

之后，更多的现代文学经典作家如鲁迅、茅盾、巴金、丁玲等屡屡遭受非议，传统文学的经典和理论思想更是受到普遍的冷落和遗忘。在这一潮流下一些年轻作家宣称放弃对中国文学经典的阅读，将学习和仿效经典当作落伍与可笑的行为。与此同时，对文学经典的亵渎式解构成为时尚，对经典进行无厘头戏仿的作品频频出现于文学期刊、影视和网络。在这里，经典已经完全失去了曾经拥有的神圣意味，变成了嘲弄和亵渎的代名词。

　　这种情况的出现有多种原因。最根本的，是信息化时代的来临，带给文学内涵特征以根本性的冲击。信息化时代的一个主要标志是文化网络媒体的兴起，这使文学的传播途径迅速扩大，文学的创作数量也无限制地增长，于是，文学的边界受到了严峻的挑战。因为每个人都可以进行"文学创作"，那么，什么是文学，什么是作家，似乎都已经成为问题，更难以判别什么是优秀文学，什么是低劣文学。文学标准的缺席使经典失去了生存基础，也使对经典的解构显得轻而易举。与此同时，商业文化在信息化时代得到更为兴盛的发展，它大规模介入文学市场，对文学经典的存在意义和神圣地位做了进一步的消解。对于以消费为目的的商业文化而言，所有经典的唯一价值就是娱乐和消费。对经典的消解和嘲弄，能够满足人们亵渎和反抗权威的快感，也就能赢得商业市场，亵渎和解构经典也就自然而然地成为时代潮流。

其次，作家对文学权力的反抗也是原因之一。西方学者布鲁姆曾经非常精彩地分析过作家们身处传统中的"焦虑"和急切摆脱这种焦虑的复杂心态[1]。近年来，更多的后现代学者也在致力于对文学传统进行解构和颠覆。以福柯和德里达为代表，学者们深入地解构了经典的形成历史，解剖了其中存在的权力运作过程，揭示了经典文学在形成过程中所表现出的非经典性。这种解构，与作家们对文学权力的反抗期待不谋而合，也从根本上动摇了文学经典的基石。

从这个意义上说，文学经典的时代命运具有一定的必然性和合理性。从必然性方面讲，随着文学媒介的扩大，文学创作的普泛化和大众化，传统的文学概念、传统的文学和读者的距离已经不再适应于现实，传统文学经典的内涵和位置也必然受到影响，调整和变化是一种趋势。从合理性方面讲，以往的经典认定，以及对经典过于虔诚的崇拜，确实有可反思处，尤其是在中国，过强的政治或文化介入，使文学经典在生成中掺杂了过多的非文学因素，也显得过于主观和片面。文学权力的分析，使我们看到了原来神圣不可动摇的经典诞生中的问题，也能使我们更冷静深刻地看待和审视经典。而且，这也从另一个侧面反映了作家们强烈的创新愿望，因为在一定意义上推翻经典，也就具有了更多的可能

---

[1] [美]布鲁姆：《影响的焦虑》，徐文博译，三联书店1989年版。

性,文学创作也有了更大的自由空间。

但是,所谓真理走过一步就成为谬误。完全忽略文学经典的价值,将经典彻底虚无化,存在着严重的思维局限,或者说表现出相对主义和虚无主义的倾向。虽然文学标准正发生变异,但并不意味着文学没有标准,同样,经典在构成中存在着权力因素的影响,但是,就整体而言,经典经过时间的淘洗,有其成为经典的理由和价值。完全排斥经典的意义,只有解构,没有建构,将片面的个案作为整体推广,忽略了更普遍也更根本的内在标准。这种后现代的思维方式,具有片面的深刻,走向极端,又变成了另一种权力,另一种压制。

更重要的是,这种对经典的虚无化很可能给文学的生存和发展带来严重的负面影响。首先,它可能影响文学的基本意义,也会影响到文学的文化精神传承。因为文学经典的根本问题是文学到底是为什么而存在的?是物质的,还是精神的,是人文的,还是娱乐的?在代表传统价值观念的文学经典那里,文学所指示的是精神的标准,是思想和美的价值。在这个意义上,对经典的放弃和虚无化,事实上也就意味着放弃文学的精神准则,是对文学消费文化趋向的认可与趋同。从文化方面说,因为文学经典是历史积淀而成,其中包含着深刻的文化记忆,或者说包含着民族的文化密码,是人类文明(精神文明)的重要部分。就中国文学而论,由于中国没有像西方一样严格的宗教传统，文学在更大程度上具有宗教的功能，文学经典也承担着中华文化传承的职责，是这一文化的核心内容。有学者对此的概括是相当中肯的："至于中国文学的影响，它正如浤浤汩汩的长江大河，滋润着古往今来的中国人的心田，培养出一种中国人特具的'直而温、宽而栗、刚而无虐、简而无傲'的敦厚中和的气质。它不仅泽被四邻，影响着周边国家文学的形成和发展；而且光耀五洲，使地理距离、思维方式俱属道阻且长的西方世界也景仰着它的流光溢彩，为之目眩神摇。"[1]所以，文学经典的虚无化，肯定会影响我们的文化记忆，削弱我们的民族精神。

文学经典虚无化还可能对现实的文学创作产生直接的影响。因为文学失去了经典的照耀，也就事实上失去了创作的标准，在没有传统的背景和规范的约束下发展，文学创作的能力和水平会呈现下降的趋势。而在信息时代，文学的创作和发表又显得那么轻易和简单，于是，文学探索的艰难和复杂过程就被完全简单化和浅俗化，出现完全凭兴趣创作，完全的自我中心和随意化的标准。长久下去，可能导致恶性循环，使文学丧失自己的内在精神，逐渐沦为大众文化的消费品。从艺术方面看，当前中国文学已经在很多方面表现出经

---

[1] 王文生：《二十世纪中国文学研究的回顾与前瞻（上）》，《文艺理论研究》2007年第2期。

典缺席后的退步迹象。像文学语言，许多作品简单粗糙，已经远不能与现代文学的优秀作品相比；有魅力有个性的人物形象，更是当前文学集体性的匮乏；至于小说创作中非常重要的白描能力，也已经突出地从作家们的笔下退隐。这一影响最突出的也许是在年轻作家方面，因为他们在嘲笑和鄙弃经典的环境中成长，也最容易承受经典匮乏的后果。事实上，缺乏思想，缺乏成熟和独创性的艺术表现力，正是许多批评家对年轻一代作家的一致批评。只是，我以为，这些作家的问题其实不是因为他们自身，而是在我们近年来的文学评价机制，在我们毁坏了文学经典，失去了文学标准，他们承受的不过是经典毁坏后的虚无而已。

文学经典的虚无化，也影响到文学批评界和读者。失去了经典的映照，失去了评判的价值标准，批评家可以肆无忌惮地凭个人主观臆断来评价文学。无原则吹捧和恶搞酷评两个极端盛行，真正有原则的客观批评却严重匮乏，是当前批评界比较突出的现象。或者说，泥沙俱下，鱼目混珠，影响了批评界在文学界和读者中的声誉，使批评界和创作界、读者不能形成真正的深层次交流，很好地促进文学的发展。

读者也是一样。一方面，缺乏了经典价值标准为基础，读者们面对汹涌而至的创作潮流，往往无从选择，难以形成清晰的判断和认识，很可能在价值混乱和矛盾困惑中逐渐远离文学。另一方面，正如有学者所论述的："以时间为经、以观念为纬产生的经典,总是需要承受时间考验的经典,稳固了文学文化生态系统,成为读者内心深处的一种心理保障,经典的存在给读者心理极大的安全和安慰。越是时间久远的经典,人们对它的依赖程度越高。"[1]文学经典的存在是读者热爱文学的重要基础和理由,对经典的简单亵渎,会影响到读者对文学的信心和感情。当前文学受读者冷落是客观的存在,许多人将之完全归咎于社会文化环境,但我以为,文学自身的变异也有一定的责任。从文学经典角度来看这一问题很有意思。因为作家们以嘲笑、戏谑经典来迎合市场,但社会大众的态度却与他们的作为构成了尖锐的反讽:尽管当前文学市场整体不够景气,但是,与当前绝大多数文学作品相比,大量读者仍倾向于阅读文学经典,许多文学出版社的主要收入依靠的是经典而不是以解构经典为手段的当下文学。这既显示了文学经典存在的意义,也反映了失去经典标准之后人们对文学信心的缺乏。

这一状况的最后结果必然是文学越来越与读者和社会疏离,并将最终失去自我。因为文学的本质并不是娱乐而是思想精神,它的魅力和价值在于以美的形式,以对生命和人性价值的思考,启迪民众,感染读者。真正热爱文学的读者希

---

[1] 陈力君:《世纪之交文学生态系统中经典的命运轨迹》,《理论与创作》2006年第1期。

望从文学中得到的也绝对不仅仅是娱乐和消遣，而是有更高的精神期待。如果文学失去了思想，失去了精神的映照，它可能会取得一时间的热闹，但长期来看肯定是被人忽视和冷落。

所以，对于我们今天的文学来说，首先需要做的，不是对文学经典简单地亵渎和淡忘，而是应该做出大力的维护和张扬。这需要明确经典的意义，需要明确经典之所以成为经典的理由——其中，既有精神价值的映照，也有美学魅力的感染。我们并不缺乏文学经典，缺乏的是对它们价值的充分彰显，对它们意义充分的尊敬和推崇。只有光大经典的意义，优秀文学的魅力和价值才能充分呈现，让社会得以了解，产生出积极的社会作用和文化影响力。西方学者布鲁姆写作《西方正典》，以重树文学经典的方式反击消费文化的泛滥，我们也需要做类似的工作。

同样，在创作上，也需要对传统有所继承。艾略特在《传统与个人才能》中谈到作家与传统的关系，对我们确实有启发意义："传统是具有广泛得多的意义的东西。它不是继承得到的，你如要得到它，必须用很大的劳力。第一，它含有历史的意识……就是这个意识使一个作家成为传统性的，同时也就是这个意识使一个作家最敏锐地意识到自己在时间中的地位,自己和当代的关系。"[1]尤其是对于中国新文学来说,由于时间的短促和过多外在因素的影响等原因,它还未达到其真正的成熟期,优秀的传统还尚未形成。在这种情况下,吸取前辈作家的成功经验和失败教训,将自己的创作融入新文学传统中,是一件非常有必要的事情,也是当代作家一项重要的工作。

其次,需要对文学经典进行重新审视与建设。如前所述,文学经典不是僵化的,而是发展的、变化的。不同文明、不同时代对文学经典的理解带有很强的个性,没有必要建立一个放之四海而皆准的原则,而是应该随着时代的发展而进行调整。更重要的是,中国近现代的文学经典曾遭受过多的外在干扰,需要加强科学性和客观性的审视。如沈从文、张爱玲,乃至鲁迅等,都需要充分的理由进行新的认定,需要以文学的标准做出新的价值评判。这不是对经典作家的简单解构,不是像翻烙饼一样简单否定历史,更不是以一种意识形态来代替另一种意识形态,而是真正回到文学认识文学作品。通过这种对经典的重新认识,可以确立和加强真正文学经典的地位,可以扩大它们的社会影响力。

在这当中,还需要对文学评判的标准进行必要的重构。

---

[1] [英]艾略特:《传统与个人才能》,王恩衷编译《艾略特诗学文集》,卞之琳译,北京国际文化出版公司1989年版,第2页。

受信息化时代的影响,传统的文学价值标准已经被严重挑战,许多文学领域可以说已经是不存在标准。最典型的如新诗,尽管当前不乏新诗创作者和批评者,但是,究竟什么是好诗,甚至什么是诗歌,在不同诗人、批评者和读者那里,评判标准相差千里,完全没有形成基本的共识。这种价值混乱的后果是人们越来越远离诗歌,长此以往,诗歌的命运可想而知。当然,究竟应该怎么来重建文学的标准,是一个内容广泛的问题,需要作家和学者们的讨论和思考。[1]但建立标准,确立价值观,却是当务之急。

中国文学有着悠久的历史和璀璨的经典,它们构成了我们民族文化的优秀传统。对于我们今天日益边缘化的文学来说,建立现代的文学经典,确立鲜活的价值标准,能够使我们不迷失于信息化的海洋中,也能使文学最大限度地显示自己的魅力,以独立的姿态卓立于物质文化潮流中,以顽强的精神光芒照亮现实和未来的天空。

---

[1] 对此,本人曾在《电子传媒时代的文学坚持》一文中做过初步的思考,参见《钟山》2007年第5期。

文学批评与文学史构建中的外在因素影响
——以丁玲等文学史评价为中心

文学批评和文学史构建是一种重要的文学活动,按理说,它们应该立足于文学本位,以文学为基本准则。但是,在具体的实践中,却经常受到政治、经济、文化等权力因素的影响,作家和文学作品的价值定位也与这些影响有着深刻关系。克罗齐曾经说过,"一切历史都是当代史",福柯更透彻地分析了文学史建构过程中各种权力的运作和干预。那么如何看待这种外在权力的影响,以及如何处理其内外之间的分寸,很值得我们思考。在新文学史上,丁玲、萧红和张爱玲是三位成就最为突出的女作家,对她们的批评和文学史评价变迁历史都相当复杂,其中既可看到文学自身的因素,更可以看到政治、经济和文化等多方面的影响。

一

在对丁玲的文学批评和文学史评价中，政治的影响最为显著。丁玲成名之初，人们对《莎菲女士的日记》等作品的批评基本上是建立在文学范畴之内，但是，随着她进入左翼文学阵营，情况很快有了改变。何丹仁（冯雪峰）对《水》的批评开了先河，其批评角度和视野完全以政治为根本，对作家的价值定位也基本立足于政治立场和政治态度。此后，虽然丁玲经历了从"左翼作家"到"延安作家"和文学官员，再到"反党分子"和"右派分子"的复杂政治身份变迁，人们对她文学评价的政治色彩却始终没有改变。可以说，正如政治因素影响乃至决定了丁玲的创作方向和创作道路一样，政治因素也严重影响了对于丁玲的认识和文学史定位。

一个显著的标志是，伴随丁玲个人政治身份和时代政治环境的变化，丁玲在文学史上的位置有了显著改变。在20世纪50年代初和80年代，文学批评和文学史著作对于丁玲的评价是正面而积极的。比如，此期间问世的王瑶的《中国新文学史稿》、唐弢主编的《中国现代文学史》等重要文学史著作，都对丁玲的文学成就持较高评价。而在丁玲遭受厄运的"反右"到"文革"时期，丁玲则成为文学史上的丑角和败类。值得关注的是，90年代之后，虽然丁玲已经去世，政治氛围也不那么严厉，但外在因素仍然对丁玲的评价产生着重要影响。随着政治对文学的限制相对放松，这时期的文学史界有意识地"淡出政治，回归学术"，但在这种背景下，丁玲的文学史地位依然有着明显的下降。学术界不断出现对她作品的贬斥之声，一些文学史著作也不再将她列为重点作家介绍，甚至颇多否定之词。丁玲曾经说过一段话以概括自己历史评价的巨大落差，只是她没有想到，这种状况并不局限于她在世之时："一个浪来，我有时候被托上云霄，一个波去，我又被沉入海底！"[1]

政治不只是影响丁玲的文学地位，也影响到对她文学作品的认识和定位。在20世纪90年代之前，丁玲最受人们肯定的是她那些政治色彩较强的作品，她的另一类创作如以初期《莎菲女士的日记》为代表，或者受到尖锐批判，或者否定与肯定并存。而在90年代之后，批评界对丁玲政治色彩较强的作品则普遍持贬斥态度，早期作品的价值则明显提升，丁玲最具代表性、最有成就的作品不再是《太阳照在桑干河上》，而成了《莎菲女士的日记》。这种转变也体现在对丁玲具体作品的解读中，并直接决定了丁玲的文学价值定位。例如《在医院中》《我在霞村的时候》和《夜》等作品，以往研究者都是从社会政治主题来进行解读，无论是赞扬还

---

[1] 丁玲：《丁玲文集》（第5卷），湖南文艺出版社1984年版，第415页。

是批判都没有脱离这一角度。但是现在，研究者对它们的理解基本上转为女性意识角度，其社会政治层面的意义被严重忽略。与此相联系，对丁玲从"莎菲"时期到《水》之后创作上的巨大转型，以往均持无保留的肯定态度，丁玲的文学身份也始终被定位为政治型作家，但是现在，情况完全地逆转。人们认可的是转型前的丁玲，对她的定位也基本上是以早期创作为基础，"女性文学作家"是今天绝大多数研究者对丁玲的基本价值定位。黄修己主编的《20世纪中国文学史》是近年来依然保持对丁玲较高评价的一部文学史，不过，它认可的主要理由亦是丁玲的女性意识，且这一价值也随着其女性意识的衰微而自然下降："随着整个主流倾向由个性解放向民族救亡转移，女性意识在遭受冷落的同时，又不得不自我放弃了。"[1]

与丁玲相似，对张爱玲的批评和文学史构建也存有较强的政治影响，只是，张爱玲文学史地位的变迁恰恰与丁玲形成鲜明对比。在丁玲声誉最隆的20世纪50年代初和80年代，张爱玲几乎完全被湮没，几乎所有重要的文学史均未谈论过张爱玲，包括司马长风的《中国新文学史》、周锦的《中国新文学史》等港台文学史著作。应当说，张爱玲成名时身处沦陷区这种独特的政治环境是其不被提及的原因之一

---

[1] 黄修己：《20世纪中国文学史》，中山大学出版社1998年版，第359页。

（特别是对港台的文学史来说），50年代创作的《赤地之恋》和《秧歌》，更是使她被大陆文学史界集体贬斥和拒绝的最主要原因，她甚至因此被蒙上了"反动作家"的恶谥。不过，80年代末期、进入90年代后，张爱玲的文学史地位却有了显著上升。或许，这种兴盛的主要原因并不是政治，却绝对与政治有关。张爱玲能够逐渐受到大陆批评界和文学史界的一致认可，很大程度上是受到夏志清《中国现代小说史》的影响，而众所周知，夏志清这本文学史著作的初衷有着明确的政治因素，其立场也具有较鲜明的政治意识形态色彩。

相比之下，三人之中萧红的文学史地位起落较小。这当然与她创作的民族政治色彩有关。在大的民族政治环境没有改变的情况下，她作为具有强烈爱国主义色彩的"东北作家群"中的一员，不可能被文学史湮没。但在对萧红具体作品的解读和定位中，仍然可以看到政治的复杂影响。简单地说，长期以来，在以政治为中心的评价标准主导下，由于思想主题与抗战政治的高度一致，也因为作品最初出版时鲁迅的"序"和胡风的"跋"所赋予的政治定位，尽管艺术上颇为幼稚，萧红的处女作《生死场》一直被视为其代表作品，而她真正的巅峰之作《呼兰河传》不但一直遭到忽视，而且也受到众多批评家的否定。其中，茅盾所写《〈呼兰河传〉序》是最有代表性的："在这里，我们看不见封建的剥削和压迫,也看不见日本帝国主义那种血腥的侵略。"[1]这一观点长期成为人们对该作品认识和评价的基调,并直接影响到萧红在文学史上的地位。至少在90年代之前,萧红的文学史地位基本上被限定在"爱国主义作家"的范畴之内,而氤氲于这一评价之上的,则是诸如"强烈的感伤"和"个人主义"等负面符号。

二

如果说,在20世纪80年代之前的文学评价中起决定作用的往往是政治意识形态;那么,进入90年代后,政治相对退隐,商业文化的权力因素起了更大的作用。商业文化影响的表现之一,是利用其经济地位所带来的媒体影响力推广自己的文学趣味和文化价值观,并按照它的标准来决定什么样的文学是美的、什么样的文学样式能够流行,进而对时代的文学艺术风尚形成巨大效应。商业文化的影响在表现方式上有别于政治的极端和强力,但其实质却完全一样。一个典型标志是,在政治的倡导和推广下,建国前后的女性文学界,相当盛行以丁玲为代表的"祛女性"风格,像女性色彩较强的茹志鹃就受到批评和贬斥,而进入90年代,由商业文化所推

---

[1] 茅盾:《〈呼兰河传〉序》,《茅盾论创作》,上海文艺出版社1980年版,第336页。

崇和倡导的柔美趣味在中国文学界占据了主导地位。

张爱玲是商业文化影响的最大的受惠者。张爱玲可以说是90年代以来文学史上急遽兴起的现代作家（唯一可堪比较的是沈从文。但沈从文在大众中的热度显然远不如张爱玲，影响广度上更难以比拟）。且不说轰轰烈烈的"张爱玲热"，仅国内学者撰写的张爱玲传记就有多本，她早年散逸作品的重新发现也受到新闻界热炒，由她的作品改编的电影电视剧亦被市场青睐有加。在这种情况下，张爱玲的文学史地位显著上升。几乎所有的现代文学史著作都将张爱玲列为重点作家，各种"20世纪著名作家"的排行榜中，张爱玲的名字往往出现在非常醒目的前列。

所有这些，与张爱玲本身的创作成就，以及长期为政治所遮蔽、其价值没有被充分认可有直接关系，同时，与特定的现实经济、文化的契合也不可分割。首先，张爱玲的主要创作是在"上海沦陷区"的独特政治环境下产生的，那是一种相对距离政治较远的环境，而且，她的创作也自觉与政治保持一定的距离，故而在整个新文学中，她的创作显得颇为另类。这一点，对长期在政治氛围下生活的人们难免会产生一种特殊的吸引力，令人产生某种好奇与向往。其次，张爱玲的创作蕴含着散淡、轻松和游戏的心态，它既暗合商业文化的原则，也能够符合现时代人们将文学（文化）当作精神宣泄物的重要要求，人们对它的喜爱是自然的。当然，这中间还包括张爱玲个人生活等一些其他的因素，如她的传奇家世、虽然悲剧却不乏浪漫的爱情，以及她流星般的成名经历等，都很契合商业文化的要求。此外，还有不可忽略的一点：她是一名上海作家，作品写的也是上海，代表着上海文化的许多倾向和要素。作为中国经济最发达的区域，作为受西方文化影响最早的地域，在商业文化时代，上海的文化品位具有时代风向标的意味——上海需要张爱玲，张爱玲也借助了上海，二者产生了共赢的效果。

与张爱玲的乍然兴起相对比，90年代的文化对于丁玲来说，则是一场灾难，二者的命运形成了鲜明对照。对此，已有学者进行过思考。例如，王富仁就分析过为什么现在的人更喜欢张爱玲而不喜欢丁玲，认为这主要缘于丁玲作品的政治性，那是个"太危险的世界，一个令我们自身难保的世界"[1]。这一看法自然有其道理，但我以为，还不仅仅如此，更重要的原因还是经济和文化趣味的影响。丁玲作品较强的政治色彩决定了它所适应的只能是革命文化（左翼文化），与商业文化（市民文化）有着天然而剧烈的反差，它当然不可能受到商业（市民）文化的青睐。从这个意义上说，上海文化在造就张爱玲巨大影响力的同时，也必然疏离丁玲。文化起着"看不见的手"的决定性作用，批评家和文

---

[1] 王富仁：《三十年代左翼文学东北作家群端木蕻良之一》，《文艺争鸣》2003年第1期，第288—299页。

学史家们不过是这只"手"的服务者而已。

如前所述,与政治的强力相比,商业文化对文学影响的方式要柔软一些,因此,它所留给文学的空间相对来说要宽松一些,文学也可以借之适当地发展和回归自己。典型如萧红,在20世纪90年代的文化语境中,以往过多的政治束缚一定程度上被解脱,人们对萧红的认识更进一步地回归文学,对她文学个性、文学成就的认识也更为深入。还是以对萧红代表作的认定为例,90年代之后,人们对《呼兰河传》的评价越来越高,学者们认识到,《呼兰河传》所表现的不只是民族主题,还有更强的人道主义,特别是女性关怀主题[1],无论是思想高度还是艺术价值,《呼兰河传》都大大地超过了相对粗糙的《生死场》,甚至可以说是整个现代文学三十多年中的杰作。随着这一认识的深入和评价的客观,人们对萧红的文学地位也有了更高的认定,她的读者面和影响力逐渐加大。当然,这种情况与商业文化因素也不是完全无关,萧红的复杂身世和感情生活也赢得大众对她更多的关注,但毫无疑问,文学认识的深化是最根本的原因。

---

[1] 李向辉:《批评的批评:萧红研究回顾》,《兰州大学学报》2000年第4期。

三

中国新文学的历史还不到百年,对于正处在历史化和经典化过程中的新文学来说,对于作家们来说,价值认定的"过程性"是一个必需的阶段。作家作品能否成为经典,以及成为什么样的经典,各种权力的介入是必然的事情。特别是新文学历史上的许多作家本身就与政治、市场等因素有着不可分割的关系,要完全排除它们的影响,完全从纯文学角度来认识,是不可能,也是不合适的。因此,新文学的作家价值和地位随时代文化的演变而发生改变是正常的,文学外在因素适度介入文学评价也是自然的事情。从这个角度讲,丁玲、萧红、张爱玲三人文学史评价的复杂变迁有其时代的合理性,或者说其中包含着某种现实的生存法则。客观来看,这些不同文化因素的影响也并非全是弊端,它们不同立场上的目光和要求,如同一面面镜子,凸显出作家作品的不同侧面,对我们更全面地认识作家的创作特点和文学成就,是很有意义的。或者说,从长远看,这种复杂多变的评价本身就是一个特殊而严厉的淘洗过程,能够让作家的卓异处和庸俗处得到更清晰的辨析和认定。

但是,我以为,从三个女作家的文学批评和文学史评价变迁历史来看,外在权力因素的介入还是太强了。至少在当前背景下，它可能会对某些读者产生一定的误导，会对文学史建设产生一定的负面影响。

其一，严重影响到对作家的客观认知。

如近年来对萧红的认识。近年来许多人竭力淡化其政治色彩，拼命挖掘和彰显其女性意识，甚至将她定位为一个女性主义作家。这种认识显然是不完备的，而且与萧红的创作主体也不相吻合。换句话说，正如有学者指出的，虽然萧红作为一个感情敏感而细腻的女性作家，创作会自然地呈现出某些女性意识和创作特征，但是，她从来都不是一个自觉的女性主义者，她的创作视野比单一的性别意识要更为广阔和深远，其文学史价值也不能局限于此一领域[1]。再如对丁玲的认识。虽然丁玲以《莎菲女士的日记》成名，但她创作的成熟和高峰肯定是在20世纪40年代之后，《我在霞村的时候》《在医院中》和《夜》等作品既具有较深的人道主义思想，艺术方面也很圆熟，完全属于现代小说经典。《太阳照在桑干河上》应是这一创作的余绪和深化，虽然它受时代的限制，不可能在政治上否定土改运动，也不能完全摆脱政治运动的影响，但作品不是对政治的简单图解，更揭示了政

---

[1] 关于萧红的评价历史，我认同王彬彬《关于萧红的评价问题》(《中国现代文学研究丛刊》2011年第8期)对萧红研究的某些分析，但并不赞同该文得出的萧红文学水平不高的结论。我认为对作家文学成就的评价应该建立在对作品细致解读的基础上，不然，有可能会以一种误读代替另一种误读。

治中的复杂以及政治与人性的纠缠，它在描写土改运动给予乡村关系的复杂影响，以及对人物心理的准确捕捉和细致表达方面，都是非常突出的，是一部具有历史深度的作品。许多学者以丁玲早期作品来代表其创作全貌，在解读《太阳照在桑干河上》等作品时，也忽略了其与政治、社会因素的关联，将重点放在黑妮这样的人物形象上，甚至以女性主题来代替政治主题，显然失之偏颇。其实，作为一种文学主题，政治无所谓好与坏，关键看作家怎么写，写得怎么样。同样，在对张爱玲的认知中也有明显的偏差。简要地说，张爱玲创作中本来具有较强的荒凉和绝望气息，但是在20世纪90年代的商业文化中，这些特点基本上被有意无意地忽略掉。

其二，严重影响到对作家的文学价值认定。

应当说，三位作家的创作各有特点。就思想方面说，丁玲侧重表现时代图景，具有一定的社会历史含量；萧红融个人感受与时代主题于一炉，以女性独特的个性展示历史；张爱玲则深入女性心灵，于文化当中剖析人性的复杂和阴暗，独具犀利和深刻。从艺术上说，丁玲的长处在写实，擅长心理和景物描写；萧红的特点则在抒情，在其作品中可以清晰地看到作家的心灵投射，并因此获得独特的艺术感染力；张爱玲以犀利深刻见长，透彻的人性烛照，尖锐的人性揭示，再辅以女性作家独特的细致和女作家少见的冷峻，确实是现代女作家中突出的另类。但三人也分别有自己的局限：丁玲过多侧重政治角度，人性关怀和人性揭示稍嫌简略；萧红作品的艺术磨合尚不是很充分，有略显青涩处；张爱玲作品艺术上老到，但多少存在刻意的痕迹，特别是在人性表现中缺乏善的光芒和理想精神。简单说，在我看来，三位作家各有自己的思想和艺术偏向，但在创作成就上却并不存在太大的差别，基本属于同一层次的作家。但是，当前文学史对三位作家的定位却存有相当显著的差异，我以为这是不够严谨的，或者说是缺乏足够文学权威性的。

四

更值得关注的是，当前，外在权力过度影响文学批评和文学史建设的情况并没有随着较严厉政治环境的变迁而消失，相反，其影响力度和广度甚至较以往更加严重，形式和范围上也有新的发展。它已经超出了作家作品评价的范围，扩展到了对整个文学发展的多个方面。

其一，政治因素的影响愈发广泛。

较之"十七年"到"文革"结束前的近三十年，现在的文学批评与文学史建设当然没有那么强的政治压力，近年来，人们还对以往严厉政治背景下形成的文学认识偏见进行了辨析和纠偏。然而，这并不意味着政治因素就此撤出文学评价的舞台。它可能更潜在，却可能更为普遍；它的方式更婉转，却并不见得更弱小。事实上，当前的主流文学评价机制诸如文学评奖、文学项目扶持等，政治因素依然起着绝对主导的作用。此外，大学中的文学研究和教学活动也被以中文社会科学引文索引（CSSCI）为主导的学术评价机制蒙上了强烈的体制色彩。包括文学史和学术论著的撰写，课程内容的安排设置等，都受到较大影响。

不仅如此，同样严重的是，政治化的批评方式和思维模式依然严重存在于当前的文学批评和文学史研究中。在很多问题上，它们较之"十七年"和"文革"时期的文学批评活动只存在观点上的不同，方式却几乎一样，政治及其方式依然起着主导性影响。以对丁玲的认识为例，如前所述，丁玲是一个政治色彩较浓的女作家（早期创作在其生涯中毕竟短暂），以往文学评价对丁玲政治价值的片面认可存有政治主导的不恰当因素，但是，近年来因为作家的政治色彩而对其作品进行全盘否定，同样是一种政治化的思维方式在起主导作用。这种方式对作家的认识只能是从一个极端走向另一个极端。还是以《太阳照在桑干河上》为例，当前人们对这部作品的贬斥和误读实际上是严重遮蔽了作品的真实价值，既不公允，也不客观。当年司马长风对该作品的评价在今天依然有着针对性："这部小说一直得不到公允的品鉴，多以为是典型的政治小说，其实并不尽然。基本上是政治小说，……但是在人物、思想、情节诸多方面，都表现了独特的个人感受，颇有立体的现实感，读来甚少难耐的枯燥，具有甚高的艺术性。同时，作者贯注了全部的生命，每字每句都显示了精雕细刻的功夫。"[1]

其二，商业文化和其他权力因素正形成合谋。

商业文化是当前社会的主导性文化，而且，它不是孤立地存在，它与政治权力、学术权力等都有不同程度的合谋，它们共同主导着当前的文学批评和文学史评价。以文学评奖为例，政治文化是主导性的要求，但商业文化也经常有不同程度的介入，商业文化的趣味通过对批评家的影响渗透到评奖理念中，商业文化的利益原则通过评奖中的复杂关系乃至贿赂方式体现出来。当然，反过来，商业文化也能够从获奖活动中得利。另一个受商业文化渗透的是学术权力，当前社会学术权力的运作主要借助于与政治权力和商业文化的合谋，文学批评中的"红包现象"早已为人所诟病，但比这更严重的，是文学批评和文学、学术活动的严重圈子化和体制化。其典型表现是出现了一些"学术山头"，这些学者将手头的学术权力极端化、个人化，个别学者更借以谋取个人利益，于是，个人的喜好与利益取舍成为许多文学批评和学术评价的风向标。它带来的直接后果首先是不公正，同时还严重影响到批评和学术的氛围，导致"劣币驱逐良币"的

---

[1] 司马长风：《中国新文学史》（下卷），昭明出版社1978年版，第120页。

效应。

政治权力、商业文化与学术权力的合谋,使文学自身的评判权力受到极大影响。甚至可以说,在当前的文学评价中,文学自身的因素已经被严重边缘化、逼仄化了,这也直接影响到那些被评价的对象——文学创作者们。在这种环境下,一些作家可能会为迎合某些趣味,甚至迎合某些人写作,那些追求独立的作家则可能会对文学和文学史的意义产生怀疑,对文学的敬畏和执着也可能受到影响。当然,它更大的影响还是对文学的未来。一方面,它会影响到真正的文学爱好者和文学的未来市场。人们在一个匮乏评价标准(准确地说是一个被扭曲和异化的标准)的时代中阅读文学,会逐渐丧失对文学审美魅力的感受,并进而失去对文学的信任。真正好的文学被不恰当地抛弃,文学的读者市场也会越来越小,最终的受伤害者只能是文学本身。另一方面,年轻的作家、批评家和学者在这样的环境中成长,面临如此巨大的外在权力,只能做非此即彼的艰难选择:要么随波逐流,成为政治、商业或学术权力的臣服者和投靠者;要么被边缘化,成为权力的牺牲品。这样的结果将是文学水准的衰退,是文学审美能力和创造能力的萎缩[1]。虽然从长远来说,文学有自身的坚韧和刚强,但是在具体情境下,相比于政治、

---

[1] 贺仲明:《关于新文学评价标准的思考》,《上海文学》2012年第7期。

商业文化的巨大力量，文学是柔弱的，是很容易受到伤害的。在现在这样一个外在权力异常强势的时代，文学如何改善生存环境，文学评价和文学史建设如何回归自身，这或许是一个比较复杂的问题，但其中最关键的因素，还是文学从业者们自己。只有自己真正独立了，才会有力量改变别人和整体环境。道路虽然很艰难，却是无法回避的选择。

"十七年文学"评价与文学经典性问题

在中国新文学历史上，评价争议最大的是"十七年文学"。毁之者全盘否定其文学价值，甚至认为期间根本没有文学；而誉之者则给予大量赞美，乃至以"红色经典"来命名其中的部分作品，希望将之纳入到新文学经典作品的行列。二者争讼纷纭，分歧巨大，甚至陷入相互攻讦、互不交通的境地。

对"十七年文学"价值的衡定，以及究竟如何看待"红色经典"概念，与文学经典的许多问题存在着密切关系。换言之，正是因为对文学经典内涵和文学评价标准等问题的理解存在歧义，学术界对"十七年文学"的评价才会出现那么大的反差。因此，要真正客观认识"十七年文学"，需要在文学经典问题上进行缜密细致的探究，为文学评价建立一个坚实的理论平台。反过来说，对"十七年文学"做深度评价，其意义也不只是局限于对这一时期文学本身，而是能够以典型个案的方式促进对文学经典建构方面的思考。

文学标准的绝对性与相对性

评价"十七年文学"，一个最大的分歧是它到底是否具有文学性或经典文学性。否定者站在中国现代文学的基本立场——启蒙现代性立场上，以"人的文学"标准来评价"十七年文学"，指出它的强烈非现代性：在思想上，它缺乏现代的独立主体性，是时代政治的附属品和宣传品，而且，它匮乏对人性的关注和表现，更没有对社会现实的真实揭示和批判精神；在艺术上，它背离了现代文学的艺术规范，缺乏精致、圆熟的现代艺术表现，片面地向通俗、大众化方向发展，而且，许多作品还呈现出模式化的创作特征。[1]肯定者站立的是另一种立场，他们所持的是另一种文学现代性标准。比如旷新年提出"人民文学"概念，认为它与五四"人的文学"相冲突又相联系，建立的是"对于一个现代民族共同体的想象与认同，对于以集体主义和理想主义为目标的社会主义道德价值的想象与追求"。再如蔡翔提出"社会主义文学"概念、张志忠提出"革命的现代性"概

---

[1] 持这一观点的学者甚众，这里综述的是多位学者和多部文学史著作的观点。

念,认为"十七年文学"是在人的现代性之外的新的追求,也建构了新的美学原则。[1]

显然,在"十七年文学"评价分歧的背后,最根本症结其实不在文学创作本身,而是在于文学评价的标准问题。也就是说,究竟以何标准来看待"十七年文学",以及究竟有没有绝对的或者说统一的文学标准,什么才是这样的文学标准,是导致上述分歧的关键所在。如果讨论者们不在这一问题上深入思考,不在此问题看法上取得共识,这一文学评价上的争论是永远都不会有结果,甚至不可能达成统一前提的思想交流。

这实质上关联着文学经典的建构问题。在文学经典的探讨中,也存在着绝对主义与相对主义的激烈论争。以往文学史对文学经典的建构也存在分歧,但大体来说是稳定地建立在基本共识基础上的。但是,近年来,多重因素导致人们对文学经典的权威性和客观性产生质疑。典型如以德里达、福柯等人为代表的解构主义,由对西方中心主义的揭示和批判延伸到文学经典的建构,人们纷纷关注到文学经典建构过程中的权力因素,在对传统文学经典产生强烈怀疑的同时,认

---

[1] 参见旷新年:《人民文学:未完成的历史建构》,《文艺理论与批评》2005年第6期;蔡翔:《革命/叙述:中国社会主义文学–文化想象(1949—1966)》,北京大学出版社2010年版;张志忠:《现代民族共同体的想象与认同——论"十七年文学"的现代性品格》,《文史哲》2006年第1期。

为文学经典和文学评价标准只有相对性，没有绝对性。以下两段中西方学者的观点具有普遍性："选择一部作品或者摒弃一部作品的标准是人为武断的，是带有性别、种族和阶级的偏见的，这些标准所反映和再肯定的往往只是社会的强势群体的价值和他们的文化"[1]，"文学经典并不是普遍的艺术价值的体现，相反它不仅体现了特定阶段与时代的文学规范与审美理想，同时也凝聚着文化权力"[2]。除了解构主义思想，文学现实的巨大变化也产生了很大影响。最典型是网络文学的兴起，使文学创作一下子变得非常容易，消除了它原有的艰难和神圣质素，文学经典的属性也随之受到强烈的冲击。此外，商业文化的强力介入，更使戏说文学经典和解构文学经典成为娱乐时尚。环顾文学界乃至整个文化界，否定经典存在甚至完全否定文学标准存在的声音不绝于耳，文学经典所遇到的挑战是普遍而空前的。

文学经典和文学标准问题如此之尖锐和严峻，对它的回答是绝对无可回避的。在我看来，将相对性与绝对性予以统一也许是最恰当的。也就是说，一方面，我们应该认可文学（经典）标准具有一定的相对性。文学作为一种精

---

[1] ［美］王顺珠：《文学经典与民族身份》，童庆炳、陶东风主编《文学经典的建构、解构和重构》，北京大学出版社2007年版，第204页。
[2] 陶东风：《文学经典与文化权力（上）——文化研究视野中的文学经典》，《中国比较文学》2004年第3期。

神产品，其评价特别是作为经典的评价确实难以执行单一和绝对的标准，民族、地域、文化和时间等因素都会对它产生影响，使它处于流动和相对状态："文学经典是时常变动的，它不是被某个时代的人们确定为经典后就一劳永逸地永远成为经典，文学经典是一个不断的建构过程。"[1]以艺术而论，文学本身就是追求丰富和多元的，不同的表现方式和风格特征各擅胜场，很难以伯仲来评判。思想方面也是如此，比如在"十七年文学"评价和其他文学评价场合中人们使用得最广泛的"现代性"概念，其内涵其实是非常丰富的，甚至具有某些内在的自我背反性，以至于有人提出"流动的现代性"和"否定的现代性"的看法。也就是说，"现代性"这一概念本身就是丰富多元的，只有以开放而不是僵化，以变化而不是固定的眼光来看待，才是对这一概念的合理应用。

但是，另一方面，我们又必须坚持必要的基本标准，特别是要承认文学和文学经典建构标准的存在。其一，我们应该认识到，文学特别是优秀的文学，绝对存在最基本、最核心的原则标准。如果文学标准完全相对化，那么，文学就难以判别出好坏优劣，甚至可能就无所谓文学。这是对文学存在的巨大伤害，也是对文学自身特征和价值原则的自我放

---

[1] 童庆炳：《文学经典建构的内在要素》，《天津社会科学》2005年第3期。

弃。限于篇幅，这里当然不可能详细讨论文学和文学经典建构的具体标准问题，但无论在思想还是艺术层面，它们都绝对是存在的。只是在这些标准之上，才存在更丰富的民族、时代、文化和个人层面的弹性空间。其二，从现实文化角度考虑，我们也需要突出文学（经典）的基本标准。商业文化占据当前文化的绝对主导，金钱的绝对性崇拜使其他任何事物的价值都只具有相对的意义，文学经典包括所有的精神文化经典也受到这种相对主义的亵渎和轻忽。在这种情况下，最需要突出的是文学和文学经典的绝对性标准——只有在文学和文学经典标准具有绝对性的情况下，文学经典的地位才能被更广泛地认可，其独特的价值意义才能产生更大的社会效果和影响[1]。

立足于文学和文学经典标准绝对性和相对性统一的立场上，对"十七年文学"的评判也可能更为客观和公正。在此视角下，我们才可能避免标准的单一和观点的极端，才会注意文学评价的分寸和尺度，更客观地看待其文学价值以及与经典的关系。

在这个意义上说，"十七年文学"有一定的文学性是无可置疑的，甚至具有不可忽略的独特价值。比如从艺术角度来说，我们以前一直都奉五四文学为基本标准，以它为基本

---

[1] 吴义勤：《"经典化"是真命题还是伪命题》，《文艺报》2014年2月24日。

发展方向，但这种看法其实可以商榷。在今天看，五四文学（特别是在诗歌领域）的艺术表现过于西方化、过于个人化的缺陷已经为越来越多的人所认识——这不是对五四文学的苛求。事实上，五四文学具有非凡的开创性意义，但这并不能让人忽略它存在的缺陷——这极大地局限了它的社会接受，导致其读者一直集中在知识分子领域，未能进入到普通大众，在社会上产生更广泛的影响。也正因为这样，五四之后，20世纪30年代知识界就发生了"文艺大众化"的讨论，对五四文学的西方化特点做了批判性的检讨，20世纪40年代也发生了"民族形式问题"的论争。不是说这些批判就绝对正确，但它们确实针砭了五四文学某方面的缺陷，表达了人们对文学发展多元性的要求，特别是与传统、大众之间密切关联的强烈诉求。

"十七年文学"典型地体现了这种诉求。在政治环境的支持下，它能够在文学的民族化、生活化、大众化方面做出多方面的努力，特别是在文学与普通大众的生活相关联方面，取得了很显著的效果。这不是说"十七年文学"所做的努力都是成功的，其发展方向也同样存在单一化和狭隘化的缺陷，但是，它确实提供了与五四文学不一样的发展思路，特别是在促使文学接近大众生活、走入普通民众视野方面，做出了自己的贡献。而且，它也因此呈现出了独特的审美风格，对五四文学构成了某种张力性的反叛、补充和发展。以对乡村社会的表现而论，以往文学基本上都对乡村持文化或政治启蒙立场，将乡村塑造成愚昧、落后或悲惨、反抗的世界，但"十七年文学"赋予了乡村积极、欢快和明亮的色彩。既是一种客观的补正，也促进了乡村世界表现的丰富性。[1]

但是，我们也不可忽略"十七年文学"存在的较大缺陷。最突出的表现是思想层面。受时代政治环境的局限，当时的作家们没有在个人和现实批判领域多有表现（时代没有给予作家们探索的机会和空间），这使他们的作品对时代的揭示难以透入底层，最多只能在政治正确的大前提下做点小探索（而这还往往会受到批评甚至打击），更难以深入到人性领域，对社会、个人做出具有深度和超越性的思考。在艺术上，"十七年文学"有突出个性特征，却也因此遮蔽了向其他方向探索和深入的可能性，导致其存在过于求实、质朴和单一的缺陷，没有营造出丰富、复杂的文学阐释空间，在细腻、繁复和深刻性上存在着显著的缺陷——这一切，决定了"十七年文学"的文学价值固然不可忽略，却尚未达到文学经典的高度（也许部分作品距离经典非常接近，但总体上却未能达到）。

---

[1] 参见拙文《乡村生态与"十七年"农村题材小说》，《文学评论》2006年第6期。

文学经典建构中的外部因素

在对"十七年文学"的评价争议中,除了对文学性的争议,还牵涉到很多文学外的因素。

首先是政治因素。在"十七年文学"的评论和研究中,充溢着强烈的政治因素。一方面体现在文学评价上。"十七年"是一个政治环境比较严厉的时期,其所实行的各种现实政策受到很多人质疑,而其文学也受现实政治约束较多,与其有比较密切的关系。于是,许多"十七年文学"的批评者很自然地将这期间的文学作品与作品所关联的政治现实联系起来,甚至完全等同起来看待,将文学的价值直接关联于现实政治的价值。这样,政治评判就自然渗透到文学评价之中。同样,另一些对它们表示肯定的批评者的视角也有鲜明的政治性。比如前面提到的"社会主义文学"概念,就非常明确地将文学与时代政治关联起来。这些论述者对"社会主义"政治的肯定,构成了对这时期文学价值肯定的基本前提。

另一方面,"十七年文学"的评价行为和评价者自身,也体现出某些政治色彩。比如"红色经典"和"社会主义文学"等概念,就与政治文化有密切关系,经典而为"红色",文学而为"社会主义",当然蕴含有鲜明的政治因素。而围绕对这些作品的改编所引发的争论以及政治介入,都明显蕴含有一定政治内涵[1]。从思想角度来说，在"十七年文学"的赞誉者中，可以隐约见到民族主义、左翼思想等色彩，而在它的批判者中，则多少蕴含有自由主义政治思想。

其次，是文学的接受和社会影响因素。这也体现在对"十七年文学"正反两面的评价中。从正面评价者来说，许多人之所以推崇"十七年文学"，并奉其为"红色经典"，一个重要的原因是这些作品在当时的社会影响力。毫无疑问，在新文学历史上，"十七年文学"是在普通大众，特别是广大的农民读者中获得最好接受效果的时期，也产生了很大的社会影响。客观说，它对于中国乡村大众的文化教育，特别是对农村青年的精神熏陶，促使他们走出传统，走向现代，产生了很大影响。如《李双双小传》《三里湾》《青春之歌》《红岩》等作品，在当时社会中确是家喻户晓、路人皆知，也通过这一代人将影响力保持到今天。一些学者认为这种巨大的影响力已经使这些作品具备了文学经典的属性，因此称它们为"红色经典"。不过，对此观点持批评态度的学者们看法完全不一样。他们认为"十七年文学"与时代政治关系过于密切，受到政治的影响过多，甚至沦为了政治现实的服务者。它们虽然有社会影响，但对人们精神的解放却

---

[1] 典型如2003年，浙江作家协会主办的《江南》杂志因为发表对"红色经典"具有解构意味的小说《沙家浜》，引起了轩然大波。

不是积极的，相反，它们所灌输的是对政治的服从，是精神的蒙昧，是时代政治对人们心灵禁锢的帮手。

正如有学者所说："经典，一如所有的文化产物，从不是一种对被认为或据称是最好的作品的单纯选择；更确切地说，它是那些看上去能最好地传达与维系占主导地位的社会秩序的特定的语言产品的体制化。"[1]在文学经典的建构中，文学外的许多因素，对文学经典的建构产生重大作用，甚至还存在完全依靠外在力量推动而领一时经典潮流的现象。这当中，政治对文学经典的影响尤其突出。因为政治有权力推动文化宣传、教育、出版和文学史书写等多种方式，有强大的力量影响文学经典的生成。远的不说，"十七年"时期的《红旗歌谣》，"文革"时期的"革命样板戏"，虽然受时间限制，它们还没有被推到经典的高度，但已经具有这方面的趋势，可以从中看到政治所具有的巨大推动力。此外，在文学经典构建中，文学接受的意义也不可忽略。中外文学史上，那些被奉为经典的作品，绝大多数都是能够被大众所广泛接受，耳熟能详，甚至是家喻户晓的。一些学者在给文学经典概念定位时，也特别重视读者的接受效果，如西方学者佛克马和蚁布思就认为："文学经典是精选出来的一

---

[1] [美]余宝琳：《诗歌的定位——早期中国文学的选集与经典》，乐黛云、陈珏编选《北美中国古典文学研究名家十年文选》，江苏人民出版社1996年版，第276页。

些著名作品，很有价值，用于教育，而且起到了为文学批评提供参照系的作用。"[1]然而，文学外因素对经典建构的影响情况并不单一，非常复杂，只有在清晰辨析和全面甄别的前提下，才可能做出客观的认识和判断。就"十七年文学"而言，特殊的政治文化环境导致政治与文学错综缠绕，我们既需要对其现实状况进行全面的考察，更需要对文学与政治的关系做出理性的深入思考。

首先，考察文学与政治的关系，需要对大的文学环境与具体文学创作之间差异进行必要的区分。政治强权对文学的钳制，限制文学的独立发展，当然会严重损害文学的自由独立个性。然而，不能对时代文学政策与具体文学创作持完全一致的标准。也就是说，时代政治与文学创作之间不可避免会存在一定差异性。具体到"十七年文学"，这一时期政治对文学的限制确实很多，其文学的特点和繁荣局面都与当时的政治环境和政策有直接关系。但是，对于期间的作家创作，我们却应该给予更多的深层理解。在那一背景下，如果要求作家创作出游离于时代之外，甚至与时代政治相背离的作品，确实是一种苛求。因为即使是作家创作出来，也不可能有公开发表，成为时代文学一部分的机会。另外，"十七年"的文学创作中，真正丧失文

---

[1] ［荷兰］佛克马、蚁布思：《文学研究与文化参与》，俞国强译，北京大学出版社1996年版，第36页。

学底线、完全沦为政治宣传工具的作品为数很少，更多的作品是在政治的裂隙中艰难地挣扎，依然在尝试展现生活和人性中的美。它们的价值不应该由于现实政治的原因而简单地受到忽略和贬斥。

而且，文学的创作特征、作家的创作倾向，都不应该成为评判文学创作的决定性因素，不能以政治题材或政治态度来决定作品的优劣。作为一部文学作品，只要不是为非人性的政治服务，如何处理与现实政治的关系，是疏离政治、强化独立，还是亲近政治、切近现实，是文学自主的选择，是作家或作品的创作特色，并不一定是一种缺陷。在中外文学史上，都不乏政治色彩强烈的作家作品。中国古代的白居易，外国的聂鲁达、斯坦贝克等，其作品都具有较鲜明的政治色彩，与现实的关系也相当密切。尽管上述作家的政治态度有高下深浅之分，但都说明了政治态度不能简单决定其文学价值。在进行文学评价时，需要厘清文学本身与它所表现的生活内容之间的差异。即使某文学对某种现实政治进行了肯定和歌颂，事后也证明这种政治有所失误（只要它不是反人性和反社会的），也不能就完全否定它的价值——更何况，政治政策的历史评价也不是那么简单，不是短期就能完全定论的——事实上，文学一旦形成，就会具有自己的独立审美价值，会对现实政治进行超越。这种独立性和超越性，才是文学是否具有价值、能否成为经典的最根本因素。

其次,"十七年文学"的接受、影响状况,需要多方面的客观审视。我们不否认"十七年文学"在接受效果上达到了新文学历史的最高峰,新文学也第一次真正进入农民生活中。但同样不可否定的是,这些成果的获得不完全是文学自身的因素,它们是在现实政治等多种因素的推动下才得以形成的。比如当时社会处于多方面的封锁和封闭环境,比如政治宣传的需要、文学政策的倾斜,等等。在这种情况下,我们固然要尊重这种文学接受的价值,却难以将它作为建构文学经典的核心要素。而从影响效果方面说,"十七年文学"也交织着现代启蒙与政治宣传的双重内涵,不可能截然分开。因此,"十七年文学"的接受和影响因素是建立在非文学为主导的背景上,不能作为评判文学经典的重要参照指数。

最后,但也许是更重要的,在文学经典的建构中,始终应该坚持文学自身属性为首要因素的基本原则。正如有学者所说:"文学的'伟大价值'不能仅仅用文学标准来测定;当然我们必须记住测定一种读物是否是文学,只能用文学标准来进行。"[1]任何外在因素都只能对文学经典建构起辅助作用,不可能真正决定文学经典。比如,在政治、市场等权力因素的影响下,也许能够形成一个时期、一定地域的文学

---

[1] [英]艾略特:《宗教和文学》,《艾略特文学论文集》,李赋宁译,百花洲文艺出版社1994年版,第237页。

经典，但是，它们终究不可能是长久的，随着政治权力的失去或改变，失去庇护的文学经典光环不再，往往会迅速失去经典的地位。只有文学性，才能造就真正的经典，也才能使文学经典的属性保持得更久远，甚至永恒。

这当中，需要特别谈到文学研究中的政治观念问题。作为文学研究者，特别是中国现当代文学研究者，需要有直面现实的勇气和现实担当精神，做纯粹的学究既不现实，也不合情。一个学者，他完全可以是一个有立场的现实批判者，也可以同时是一个有道义的现代知识分子。在这个意义上，我们理解许多学者在文学研究中的政治投入，却不很赞同这种做法。我认为，一个学者最合适的方式是立足于自己的不同身份来发言。在他以现代知识分子身份进行文化批判、现实批判的写作时，他可以充分地发挥自己的政治见解和文化见解，但在他进行文学批评，特别是文学研究的时候，就更应该尊重文学的特征和规律，不以政治观念来主导文学研究，不让自己的政治色彩来影响对文学作品的评价，更不应该让政治倾向来左右文学评判。这样，学者（批评家）的角色身份有清晰的分工，文学研究（批评）也能够在一个以文学为中心的背景下进行。

"十七年文学"对文学经典问题的启示

"十七年文学"的评判涉及文学经典的内在关联,而反过来,它也对文学经典问题产生很强的启示意义。它对我们认识其他阶段文学,特别是对我们考察整个中国新文学的经典建构,都有值得借鉴和思考之处。

首先,重视更纯粹的文学性。正如布鲁姆在《西方正典》中所说:"文学最深层次的焦虑是文学性的,我认为,确实是此种焦虑定义了文学并几乎与之一体。一首诗、一部小说或一部戏剧包含有人性骚动的所有内容,包括对死亡的恐惧,这种恐惧在文学艺术中会转化成对经典性的企求,乞求存在于群体或社会的记忆之中。"[1]文学经典最重要的因素应该是文学自身,人们需要回到文学角度来谈论和建构经典,以文学为首要标准来看待和评判。在这一前提下,我很赞同刘象愚将文学经典定义为"内涵的丰富性,实质上的创造性,时空的跨越性,无限的可读性"[2]的看法——当然,这里所谈的文学性标准并不局限于很多人理解的单纯形式美,完整的文学性既包括形式,也包括思想内涵,只是文

---

[1] [美]布鲁姆:《西方正典》,江宁康译,译林出版社2005年版,第13页。
[2] 刘象愚:《经典、经典性与关于经典的论争》,《中国比较文学》2006年第2期。

学意义上的思想与政治、哲学等层面上的思想内涵不完全一样，它体现的是文学这一独特形式对生命、世界展开的独特理解、判断和表现。

多年来，中国新文学一直被过多的外在因素所主宰，文学因素被挤到边缘，处于无足轻重的状态。阶段的创作、批评是如此，后来的文学研究、文学经典的建构也是如此。"十七年文学"只不过是个突出的典型而已。正是在这种情况下，长期以来，人们对新文学许多作家作品都没有形成基本的共识，而是存在巨大的误差。特别是一旦政治和文化环境发生变化，"翻烙饼"的现象就马上出现。以茅盾的评价为例（当然，对郭沫若评价的"翻烙饼"现象更为突出）。20世纪80年代中期之前，茅盾的文学地位仅次于鲁迅和郭沫若，只有赞誉，绝无微词。但20世纪90年代后，文学研究界对他的关注迅速降温，贬斥之词占据主流。客观说，对于中国新文学这么短暂的文学历史来说，作家的褒贬变换是很正常的，但任何变换都需要理由，特别是文学的理由，不能只是因为政治或文化环境的变化。否则只能是公说公有理婆说婆有理，绝对形不成共识。

其次，新文学的文学规范有待进一步确立和完善。正因为政治等其他因素的长期影响，新文学的规范没有真正建立。或者说，在现在的新文学批评和研究中，文学规范相当混乱。这不是完全否定以往的文学研究，在作家们和研究者们的努力下，新文学已经形成了基本的规范。但是，因为几方面的原因，这一规范还没有真正科学地确立和完善：其一，长期以来，政治对文学构成了巨大限制，后来政治之弦稍有松弛，但政治的影响始终存在，政治与非政治的冲突对文学研究产生严重影响，也限制了对文学规范的建设；其二，近年来文学研究领域相对主义思想盛行，更充斥着个人偏见和党同伐异，特别是网络文学兴起后，这一局面更为加剧；其三，文学规范本身就不是僵化的，它是流动的、发展的，需要研究者和创作者不断地维护和建构。

最典型的表现是现代文学（白话文体）的文学形式研究非常薄弱。在20世纪80年代之前，由于政治对思想（包括文艺思想）的绝对主导，形式上的规范和探索被视为误区和歧途，导致多年来新文学形式规范上的滞后。近年来，文化批判又占据文艺理论的主导，文学形式研究也被严重边缘化。我们看现在的文艺理论著述，充斥的都是虚空的理论话语，很少有对新文学的文本形式的切实研究。这是我们在学科建设方面需要认真思考的重要问题。

这样的后果是在文学批评和文学研究中，严重缺乏可以遵循的基本文学标准，也很难建立起公认的文学规范。典型表现如诗歌领域，各种诗歌观念所造成的审美歧异异常巨大，如所谓的"口语诗"和"知识分子写作"，几乎是完全没有任何共同相通之处，也就是说完全没有建立最基本的评价标准。在各种评论、选本和理论中，呈现的是自说自话和偏见，这是文学史上极端罕见的混乱局面。客观说，诗歌评判个人性更突出一些，但不管怎么样，作为一种文体，肯定需要有最基本的规范和标准，否则就很难说这种文体的发展是成熟的。诗歌之外，散文、小说等情况也基本相类似。诸如什么是散文，优秀散文的规范，以及如何界定写实文体和小说的关系，等等，都有许多不明确之处。

第三，我们应更宽泛地理解文学经典的意义，特别是意识到非文学经典的价值意义。

作为文学创作，毫无疑问要追求经典性。为永恒写作，还是为时代写作？相信绝大多数作家都会以前者为目标。这种选择无可厚非。但是，从文学和文学史评价的角度看，不应该将文学的意义完全限于经典。经典文学固然具有伟大价值，代表着该时期文学甚至文化的最高成就，但是，非经典的文学作品，或者说，那些不具备文学经典素质的文学作品，并不因此而失去其存在价值和意义。有西方学者曾经说过："一个过于具体地配合自己时代和环境写作的人，一旦时过境迁，常常可能再也引不起大家多大的兴趣。可是另一方面，席勒说得也对：'一个忠于自己时代的人，比别人更容易获得不朽的地位。'"[1] 确实，只有那些密切关联、深

---

〔1〕［俄］卢那察尔斯基：《论俄罗斯古典作家》，蒋路、郭家申译，人民文学出版社1958年版，第229页。

入时代的作家作品才可能成为经典。而且，更重要的是，那些受限制于为时代写作、不具有超越时空意义的作家作品，它们也许因此有无法克服的局限性，或者说它们也许永远达不到文学经典的高度，但并没有完全丧失存在的价值。从文学功用上说，文学首先是为时代的。提供给同时代读者以精神食粮，实现其作为文化产品的价值，或者为现实弱势群体代言、表达他们的呼声，都是文学的基本意义所在。正如文学一旦进入社会，它的意义就超越了作家自身，进入到更广泛的社会，文学与现实社会的关联、在现实社会中的价值也应该受到肯定。这一点，对于一个时代的文学批评来说尤为重要。文学史也许有更多的责任在于留给永恒，但文学批评却责无旁贷，需要给予现实价值更多的关注，应该对非经典文学作品进行更合理、更全面的认识和评价。此外，从作家层面说，正如契诃夫曾经说过的"大狗叫，小狗也要叫"，不是每一个作家都具有成为经典作家、创作出经典作品的素质和才能，但这些非文学经典的作家和他们创作的作品，绝对是一种有意义的文学追求。在任何时代文学中，这些作家作品都是不可缺少的一部分，是文学经典形成的重要基础和前提，他（它）们同样应该受到文学批评和文学研究的充分尊重。

五四作家对中国传统文学经典的重构

关于五四新文学与中国传统文学的关系,一直存在着比较激烈的论争。20世纪80年代前,人们一直揄扬"五四"的反传统精神,并普遍认同"五四"对传统文学的彻底批判和疏离特征。但是,20世纪80年代后,以王瑶为代表的一些学者指出,"五四"与传统文学实质上存在着相当密切的继承关系。[1]受其影响,不少学者对此进行了多方面的深入研

---

[1] 王瑶:《中国现代文学和民族传统的关系》,《上海师范大学学报》1982年第2期;《中国现代文学与古典文学的历史联系》,《北京大学学报》1982年第6期。唐弢:《西方影响与民族风格——中国现代文学发展的一个轮廓》,《文艺研究》1982年第6期。贾植芳:《中国新文学与传统文学》,《学术研究》1987年第6期。

究，也取得了比较丰硕的成果。[1]然而，迄今为止，在这些成果中，能得到学界广泛认可的观点并不多。文学经典是文学传统的核心部分，世人对传统文学的认识也主要建立在对其经典作品的阅读记忆上。因此，经典对于"五四"与传统关系的考察具有特殊意义。换言之，五四作家对待传统文学经典的态度，既可折射出"五四"与传统文学的深层关系，本身又蕴含着五四文学自身的丰富内涵，很有探究之必要。鉴于现有研究成果虽间或涉及这一问题，但缺乏全面系统的研究，也缺乏从"经典重构"角度进行审视。本文希望对之进行比较深入的探讨，既可以推进对"五四"与传统文学关系的认识，同时也深化对五四文学和文化本身的思考。

传统经典：从反叛到重构

尽管人们对"文学经典"的概念内涵有多重解读，但是，就文学史的角度而言，文学经典有其独特意义。它们是构成文学传统链条上耀眼的珍珠，其形态不一定相同，却共同构成了有独特文化和审美个性的文学历史，形成了有内在

---

[1] 代表作有方锡德《中国现代小说与文学传统》（北京大学出版社1992年版）、李怡《中国现代新诗与古典诗歌传统》（西南师范大学出版社1994年版）、秦弓《五四新文学对中国传统文学的发掘与继承》（《河北学刊》2009年第6期）、宋剑华《新文学对传统文化的批判与承续》（《中国社会科学》2014年第11期）。

关联的独立传统，并参与民族独特文化精神的构造，沉潜为民族无意识的一部分。正因此，在文学的延承和发展中，经典具有重要而又复杂的意义。一方面，浸淫着独特民族文化和审美精神的文学经典，以及由这些经典构成的文学传统，对后来的文学创作者具有深远的典范意义，并对其精神进行感染，对其创作实践产生深刻影响。任何作家都无可置疑会受到传统经典的影响，甚至说，与它们产生关联，被融入传统中，传统经典是他们自觉不自觉的精神皈依。"这种历史意识迫使一个人写作时不仅对他自己一代了若指掌，而且感觉到从荷马开始的全部欧洲文学，以及在这个大范围中他自己国家的全部文学，构成一个同时存在的整体，组成一个同时存在的体系。……有了这种历史意识，一个作家便成为传统的了。这种历史意识同时也使一个作家最强烈地意识到他自己的历史地位和他自己的当代价值"[1]。而且，对于作家来说，除了精神典范上的意义，传统经典还具有实际层面的价值。因为在传统的辉映下，经典自然拥有崇高的社会声誉或者广大的读者市场，借助其光环，经典的傍依者和追随者往往能在社会影响上获得一定的现实效益。

另一方面，"经典，一如所有的文化产物，从不是一种对被认为或据称是最好的作品的单纯选择；更确切地说，它

---

[1] [英]艾略特：《传统与个人才能》，《艾略特文学论文集》，李赋宁译注，百花洲文艺出版社1994年版，第2—3页。

是那些看上去能最好地传达与维系占主导地位的社会秩序的特定的语言产品的体制化"[1]，经典的背后往往隐藏着较多的权力因素，承担着主流文化的主导功能，被赋予一定的权威和训导意义。对经典过分地倚重和推崇，可能会形成某些僵化范式，对人们思想造成有形无形的限制和阻碍，从而制约文学的创造性发展。所以，对既有经典的反抗也往往成为经典建构中的重要部分，甚至说，文学的发展历史就是建构经典与解构和重构经典的复杂过程。这一点在社会变化比较剧烈的时期尤为显著，"在以下情况中，传统的发明会出现得更为频繁：当社会的迅速转型削弱甚或摧毁了那些与'旧'传统相适宜的社会模式，并产生了旧传统已不再能适应的新社会模式时；当这些旧传统和它们的机构载体与传播者不再具有充分的适应性和灵活性，或是已被消除时"[2]。

"五四"毫无疑问就是一个文化巨变的时期。对于借镜于异邦、与传统文学有着迥异面貌的新文学来说，要从主流的传统文学氛围中脱颖而出，对传统经典的批判自然是首要目标，但要真正发展和丰富自己，特别是要赢得社会认可，借助传统经典效应也是其必不可少的重要方式。或出于自觉

---

[1] [美]余宝琳：《诗歌的定位——早期中国文学的选集与经典》，乐黛云、陈珏编选《北美中国古典文学研究名家十年文选》，江苏人民出版社1996年版，第276页。
[2] [英]E.霍布斯鲍姆、T.兰格编：《传统的发明》，顾杭、庞冠群译，译林出版社2004年版，第5页。

或出于直感，五四新文学倡导者对传统文学经典的态度，就表现出批判、否定和保留、依靠的两面性。

五四文学初期，正奋力从传统文学中反叛出来的新文学先驱者，对传统文学的基本态度是否定的。经典作为传统文学的代表，自然成为批判者的主要矛头所向，他们试图借摧毁这些权威堡垒，为新文学扫清障碍、开辟道路。典型如张扬"革命"大旗的陈独秀《文学革命论》，将"古典文学""贵族文学""山林文学"全面横扫，几乎囊括所有主流传统文学。再如周作人《人的文学》，以"人的文学"视野来审视传统文学经典，也只见负面意义而无视其积极价值。像《封神传》《西游记》《聊斋志异》和《水浒传》等名著，均被列入"迷信的鬼神书类""妖怪书类"和"强盗书类"，并视之为"全是妨碍人性的生长，破坏人类的和平的东西，统应该排斥"[1]。钱玄同的态度更为决绝和极端："从'青年良好读物'上面着想，实在可以说中国小说没有一部好的，没有一部应该读的。"[2]

然而，正如有学者早就指出的，五四作家的反传统主要针砭的是同代人的传统文学创作，而非传统文学本身[3]，

---

[1] 周作人：《人的文学》，《新青年》第5卷第6号，1918年12月。
[2] 钱玄同：《致陈独秀》，《新青年》第4卷第4号，1918年4月。
[3] 刘纳：《嬗变——辛亥革命时期到五四时期的中国文学》，中国人民大学出版社2014年版，第184—188页。

几乎从一开始，五四作家中就有对传统经典不完全相同的声音。或者说，有人明智地意识到应借助传统的支援，因此，需要对传统文学进行辨析和区分，以从中寻到新文学的潜在"友人"。最典型如胡适的《文学改良刍议》。它在否定近世不良文学风气时，往往从传统文学经典中寻找正面样板，并表示明确的推崇态度："此庄周之文，渊明老杜之诗，稼轩之词，施耐庵之小说，所以夐绝古今也。"[1]在稍后的《建设的文学革命论》中，胡适还主张要"多读模范的白话文学。例如《水浒传》《西游记》《儒林外史》《红楼梦》；宋儒语录，白话信札；元人戏曲；明清传奇的说白。唐宋的白话诗词，也该选读"[2]。事实上，即便是张扬"革命"大旗的陈独秀的《文学革命论》，也不是全盘否定传统经典，而是做了有保留的肯定："《国风》多里巷猥辞，《楚辞》盛用土语方物，非不斐然可观。""元明剧本，明清小说，乃近代文学之粲然可观者。"[3]

在五四文学发展中，这两种对文学经典的不同态度和观点有许多碰撞和讨论。其中有新文学阵营之外批评者的发言。比如朱经农就针对新文学作家的某些观点与胡适进行了多次公开通信，部分内容关联到对传统文学经典的认识问

---

[1] 胡适：《文学改良刍议》，《新青年》第2卷第5号，1917年1月。
[2] 胡适：《建设的文学革命论》，《新青年》第4卷第4号，1918年4月。
[3] 陈独秀：《文学革命论》，《新青年》第2卷第6号，1917年2月。

题:"平心而论,曹雪芹的《红楼梦》、施耐庵的《水浒》固是'活文学';左丘明的《春秋传》、司马迁的《史记》未必就'死'了。我读《项羽本纪》中的樊哙何尝不与《水浒》中的武松、鲁智深、李逵一样有精神呢?"[1]在新文学内部,更存在着不同意见的多次交流。比如在1917年和1918年间,《新青年》杂志连续发表了钱玄同、陈独秀与胡适之间的多次来往通信,集中探讨了《红楼梦》《西游记》《老残游记》等重要古典文学作品的价值和意义问题。这些讨论体现了五四作家在对待传统文学经典上的多元性,更是其思想的不断深化和整合过程,可以将之看作是五四作家经典重构前的重要理论准备。

总体而言,随着新文学运动的深入,五四作家对传统文学经典的认识更趋全面和客观,偏激言辞逐渐减少,并表现出更为明确的经典重构意识——如果说胡适、陈独秀最初的檄文中已多少包含重构经典意图的话,那么此后作家的态度就更为自主和自觉。如胡适写作《白话文学史》,就非常明确要为新文学寻找源头,希望以经典重构为媒介,引起更多人对新文学的关注和重视:"国语文学若没有这一千几百年的历史,若不是历史进化的结果,这几年来的运动决不会有那样的容易,决不能在那么短的时期内变成一种全国的运

---

[1] 朱经农:《新文学问题之讨论》,《新青年》第5卷第2号,1918年8月。

动,决不能在三五年内引起那么多的人的响应与赞助。"[1]而在文学史写作中,胡适对"白话"的认识已不像以前那样只局限于纯粹的语言层面,而是更为开放和灵活,包括了"旧文学中那些明白清楚近于说话的作品"[2],换言之,胡适对文学经典的界定范围在理论上已涵盖了传统文学的主体。与"五四"初期相比,这一认识显然更为宽容和全面,应是汲取了前述讨论的成果。胡适的言行并非个人独见,也远非孤立,在进入20世纪20年代初之后,尽管不是每人都像胡适一样公开表达自己的建设宣言,但对传统文学的态度却发生了很大变化,对传统文学经典的重构也成为一股时代潮流[3],成果和影响都相当显著。

重构工作之一是建构新的文学历史,推介新的经典作品。文学史是经典建构最主要的方式之一,对此,胡适早有认识,并曾酝酿写一部中国小说史,以进行自己的传统小说经典构建。但真正将这一目标化为现实的是鲁迅的《中国小说史略》。这部改变了"中国小说历来无史"现状的著

---

[1] 胡适:《白话文学史》,《胡适文集》第4卷,人民文学出版社1998年版,"引子"第20页。
[2] 胡适:《白话文学史》,《胡适文集》第4卷,"自序"第17页。
[3] 在这期间兴起的"整理国故运动",与文学经典重构不完全一致,但有诸多重合。参与这一运动的新文学作家为数不少,也正是其潮流性的标志。

作，完备而系统地梳理了中国古代小说历史，并做了深入的辨析和考证，对原本不入主流文学史家法眼的《红楼梦》《水浒传》《西游记》《儒林外史》等作品给予大力推崇。鲁迅的评述精当贴切，又具有史书的客观和严谨，发表后影响深远，极大地提升了这些作品的文学史地位。此外，胡适的《白话文学史》也是有较大影响的文学史著作。此书不像《中国小说史略》那样客观严密，更多属于开风气之先。它以鲜明的立场致力于挖掘和褒扬那些被传统文学历史忽略的作品，试图建构一个与传统文学经典不同的新经典历史。两部文学史风格有别，体裁范围也分别在不同的领域，却共同完成了对大部分传统文学历史的全新审视，构建了新的经典系列，是五四作家重构传统文学经典的重要成果，影响也最为深远。

工作之二是对部分传统文学经典进行史料考证、版本辨析和现代标点等工作。因为五四作家推崇的经典作品有相当部分未入传统文学主流，其版本史料等也未得到很好的整理和保护，为了还原其真实面目，揭示其历史源流，许多五四作家做了很辛勤的工作。其中贡献最大的是胡适。从1920年开始，胡适撰写了数十篇关于《红楼梦》《水浒传》《西游记》《儒林外史》等古典文学作品的考证文章，还著述了吴敬梓等作家的传记和年谱，参与多部古典文学作品的现代标点和出版工作等，特别是《〈红楼梦〉考证》一书在当时产生很大影响。胡适之外，鲁迅、郑振铎也是重要的参与者。鲁迅的《中国小说史略》融会了大量史料考证，同时，他还整理了《小说旧闻抄》《唐宋传奇集》等古代小说著作；郑振铎则考证了《三国演义》《水浒传》等作品的演变情况，并搜集、整理了大量俗文学资料，撰写了许多民间文学文章。虽然郑振铎《中国俗文学史》的写作和出版在"五四"之后，但部分成果已经产生影响。正如胡适所说："要对这些名著做严格的版本校勘和批判性的历史探讨——也就是搜寻它们不同的版本，以便于校订出最好的本子来。如果可能的话，我们更要找出这些名著作者的历史背景和传记资料来。"[1]五四作家对这些作品作者真伪和身世、版本源流、历史纪事等方面的考证，于其经典地位的建立有重要意义。因为中国文化非常重视传统和历史，清晰的历史确证有助于人们形成完整明确的记忆，从而自觉将其纳入传统文学的脉络和轨道，进而成为传统的一部分。版本的辨析和考证，以及现代标点和出版等工作，则能帮助这些作品还原真实面貌，并以最好、最完整的样式呈现给社会大众，从而促进它们在社会上的传播。比如，《水浒传》《红楼梦》等作品在五四期间都有多个新版本被作家发现，并经过作家的辨析、校正和加注现代标点，最好和最完备的版本得以呈现于大众

---

[1] 胡适口述，唐德刚译注：《胡适口述自传》，广西师范大学出版社2005年版，第226页。

面前。这些作品在五四时期产生的巨大社会影响,与作家的考证、加注标点等工作密不可分。[1]

五四作家所建构的传统文学经典大致可以分为两部分:一部分作品原本就归属于传统经典之列,作家所做的主要是对其进行现代阐释,彰显其现代内涵,赋予其新的价值意义。就如郑振铎所言:"新文学运动并不是要完全推翻一切中国固有的文艺作品。这种运动的真意义,一方面在建设我们的新文学观,创作新的作品,一方面却要重新估定或发现中国文学的价值,把金石从瓦砾堆中搜找出来,把传统的灰尘,从光润的镜子上拂拭下去。"[2]《诗经》是个典型例子。《诗经》是中国古典文学的经典之一,但在长期的流传和经典化过程中,朱熹等经学权威对其做了充分的政治和道德解读,或将其否定为"淫诗",或将其曲解为政治道德教谕。五四作家对这些传统解读进行了彻底否定,并致力于对《诗经》内涵进行新的阐释,还原其民间生活面目。如钱玄同认为:"这部《诗经》则非赶紧请它洗一个澡,替它换

---

[1] 王平:《明清小说传播研究》,山东大学出版社2006年版,第160、161页。
[2] 郑振铎:《新文学之建设与国故之新研究》,《小说月报》1923年第1期。

上平民的衣服帽子不可。"[1]"我们若是将《诗经》旧说订正，把《国风》当作一部古代民谣去读，于现在的歌谣研究或新诗创作上一定很有效用，这是可以断言的。"[2]胡适的《诗经新解》，更是完全从现代人性人情的角度出发，将《诗经》还原为古代老百姓的生活诗和爱情诗。对此，当代学者的评价是很准确的："故而五四一代对《诗经》的读解，并不是要重现那难以重现的作者及前贤的本意，他们强调个人感受的论说，是有鲜明的时代色彩的。"[3]

五四作家重构经典的更多部分，还是在发掘和推崇新的经典，即赋予那些被传统主流文学史忽略、没被纳入经典之列的作品经典的意义和地位。其中，五四作家既针砭了传统文学历史对优秀作品的遮蔽和疏漏，更侧重对新经典作品的介绍和推举。如郑振铎《文艺丛谈》就在对传统文学典籍的批评中阐释了新的建构态度："中国的旧文学最为混乱。《四库全书总目》别集部所列，多不足为凭；其分类亦未洽当；且尤多遗漏；伟大的国民文学，如《水浒》、《三国演义》、《西游记》等一概不录——《四库总目》内本就

---

[1] 钱玄同：《钱玄同致胡适函》（1921年12月7日），《钱玄同文集》第6卷，中国人民大学出版社2000年版，第104页。
[2] 周作人：《古文学》，吴平、邱明一编《周作人民俗学论集》，上海文艺出版社1999年版，第299页。
[3] 徐雁平：《胡适与整理国故考论——以中国文学史研究为中心》，安徽教育出版社2003年版，第144页。

不列小说一门——非以现代的文学的原理,来下一番整理的功夫不可。且中国更多'非人的文学';也极须整理而屏斥。"[1]具体的工作更是相当显著:鲁迅的《中国小说史略》冒传统之大不韪,将传统文学所不屑的小说推到崇高地位;胡适的《白话文学史》则发掘了诸如王梵志、寒山、拾得等被排斥于主流文学史之外的白话诗人,给予他们充分的经典化解读;郑振铎则将民歌、变文等几乎被埋没的底层文学挖掘出来,并努力推入传统文学殿堂。从作品来说,最有影响的是对《红楼梦》《西游记》《水浒传》《儒林外史》等小说的推介。这些作品虽早就在民间社会流传甚广,也有部分具有现代意识的近代学者对它们进行肯定,但一直未能得到主流文学界认可,被排斥在文学经典之外。胡适、鲁迅、郑振铎等五四作家对它们的推崇,使其首次真正进入文学主流之列,初步奠定了其在中国文学史上的经典地位。

五四作家经典重构的影响立竿见影,自20世纪20年代初始,短短数年间,五四作家所推崇经典作品中的大部分就为学术界、出版界和读者大众广泛接受,其中《红楼梦》《水浒传》《三国演义》等更是从民间走向殿堂,既在社会上家喻户晓,也成为文学史与学者研究和称颂的经典,甚至被列为中国传统文学的典范之作。

---

[1] 郑振铎:《文艺丛谈》,《小说月报》1921年第1期。

"青年必读书"可作为学界态度的一个折射。1923年，《京报副刊》举办了一个"青年必读书目"和"青年爱读书目"征集活动，从调查反馈的结果看，五四作家重构的传统文学经典在学界和青年读者中都拥有很高的认可度。在由著名学者参与推荐的"青年必读书目"中，《红楼梦》和《西游记》名居前列。在青年读者提供的"青年爱读书目"中，《红楼梦》和《水浒传》位列前两位，《三国演义》《儒林外史》也名列前茅。[1]从文学史角度看，五四作家的经典重构也获得很大成功。在五四时期和之后问世的几乎所有中国文学史著作，都将《红楼梦》《水浒传》《儒林外史》等列入中国文学经典之列，作为重要作品进行介绍——虽然中国文学史的如此变迁不只是经典重构的结果，却与之有密切关系——此后，直到今日，这些作品的地位再无异议，进入中国文学史上最杰出的经典之列。出版界也同样体现出经典重构的实绩。20世纪20年代初，胡适、陈独秀等人与上海亚东图书馆合作，将大部分新推出的传统文学经典作品出版并予以推广，成为当时整个文化界的大事，社会效益和文化效益都很突出。这一活动既是"五四"经典重构工作的一部分，也进一步推动了这些作品的经典化进程。以人所熟知、可作为中国古典文学普及经典代表的"四大名著"概念为

---

[1] 刘超：《读中国书——〈京报副刊〉"青年必读书十部"征求书目分析》，《安徽大学学报》2004年第6期。

例,尽管这一概念包含的作品不完全相同,也难以明确落实其最初的源头,但毫无疑问,它是五四作家重构经典的结果,其中可直接关联的就是胡适所说的"吾国第一流小说,古人惟《水浒》,《西游》,《儒林外史》,《红楼梦》四部"[1]。

经典重构的现代性张力

五四作家传统文学经典重构活动主要在1920年后,它所传达的某些思想观念与新文学运动初期不完全一致,但宗旨却并未背离新文学运动,它的基本理念依然是新文学运动的"现代",只是在内涵上有所调整和完善。换言之,五四作家挖掘和建构传统文学经典,所持的是新的、现代的文学标准,是以新观念对传统文学经典的创造性建构。胡适后来曾这样总结五四文学的中心理论,也可将之概括为五四传统经典重构的基本标准:"简单说来,我们的中心理论只有两个:一个是我们要建立一种'活的文学',一个是我们要建立一种'人的文学'。……中国新文学运动的一切理论都可

---

[1] 胡适:《再寄陈独秀答钱玄同》,《新青年》第3卷第1号,1917年3月。

以包括在这两个中心思想的里面。"[1]

"进化"是五四作家重构经典的首要原则。进化观是"五四"思想文化界的集体认同，落实在经典重构上，基本内涵就是如胡适所说："文学者，随时代而变迁者也。"[2]即认为文学发展和评判标准随时代发展而变迁，作家应该创作、文学史家应该推崇的，是"最热闹，最富于创造性，最可以代表时代的"[3]文学。在现实语境下，五四作家所指的进化内涵又主要集中在两个层面：一是现代语言，也就是"白话文"。白话是新文学运动的根本，五四作家的经典构建也自然以之为主要依据。可以说，正如胡适《白话文学史》所呈现的价值评判标准："这一千多年中国文学史是古文文学的末路史，是白话文学的发达史。"[4]白话文是五四作家经典建构无可置疑的首要标准（尽管在具体操作中也不是完全没有调整与妥协），五四作家所建构的文学经典绝大部分都是白话文学作品，使用的是可作为"国语"典范的语言；二是现代文体，最具代表性的是小说。在中国传统文学观念中，诗歌和散文才是正宗，但五四作家认为，进入现代社会，最符合进化要求、与时代关联最密切的文体形式应是

---

[1] 胡适编选：《中国新文学大系·建设理论集》（影印本），上海文艺出版社2003年版，"导言"第18页。
[2] 胡适：《文学改良刍议》，《新青年》第2卷第5号，1917年1月。
[3] 胡适：《白话文学史》，《胡适文集》第4卷，第22页。
[4] 胡适：《白话文学史》，《胡适文集》第4卷，第22页。

小说。因此，新文学运动伊始，胡适就特别提出小说文体问题："今人犹有鄙夷白话小说为文学小道者，不只施耐庵、曹雪芹、吴趼人皆文学正宗，而骈文律诗乃真小道耳。"[1]郑振铎也对传统进行质疑："最奇怪的是子部中的小说家，真正的小说如《水浒传》《西游记》等倒没有列进去，他里边所列的却反是那些惟中国特有的'丛谈''杂记''杂识'之类的笔记。"[2]在这一观念指导下，五四作家为经典构建而做的考证和推介工作多在小说领域，他们所推崇的经典作品，特别是影响较大的作品，也多集中于小说体裁。

五四作家重构经典的第二个标准是"人"，就是真实基础上的人性和人情。在作家的经典评判中，"真实""人情"都是非常重要的要求。如胡适《白话文学史》对元稹、白居易评价颇高，一个重要原因就在于他们主张"为人生而作文学"，其作品具有"自然的，活泼泼的，表现人生""真实"等特色。在评价汉乐府民歌时，胡适也特别赞赏其写出了"真的哀怨""真的情感"。其《诗经新解》对《诗经》作品的阐释，更是完全的现代人性化解读。鲁迅在评论《红楼梦》时，也重点突出其"人情"内涵和"真实"品质："虽不外悲喜之情，聚散之迹，而人物事故，则摆脱

---

[1] 胡适：《文学改良刍议》，《新青年》第2卷第5号，1917年1月。
[2] 郑振铎：《整理中国文学的提议》，《文学旬刊》第51期，1922年10月。

旧套，与在先之人情小说则不同。""其要点在敢于如实描写，并无讳饰，和从前的小说叙好人完全是好，坏人完全是坏的，大不相同，所以其中所叙的人物，都是真的人物。总之自有《红楼梦》出来以后，传统的思想和写法都打破了。"[1]陈独秀评价《儒林外史》："之所以难能可贵，就在它不是主观的，理想的——是客观的，写实的。"[2]他更表示："今后我们应当觉悟，我们领略《石头记》应该领略他的善写人情，不应该领略他的善述故事；今后我们更应该觉悟，我们做小说的人，只应该做善写人情的小说，不应该做善述故事的小说。"[3]包括在艺术方面，作家也很看重作品与人性相关的因素。如对《西游记》的艺术特点，鲁迅和胡适不约而同地特别强调其生活情趣和娱乐性，将其作为一个重要的文学优长："这部《西游记》至多不过是一部很有趣味的滑稽小说，神话小说；他并没有什么微妙的意思，他至多不过有一点爱骂人的玩世主义。""……带着一点诙谐意味，能使人开口一笑，这一笑就把那神话'人化'过

---

[1] 鲁迅：《中国小说史略》，《鲁迅全集》第9卷，人民文学出版社1981年版，第233页。
[2] 陈独秀：《〈儒林外史〉新叙》，《陈独秀文章选编》（中），三联书店1984年版，第39页。
[3] 陈独秀：《〈红楼梦〉（我以为用〈石头记〉好些）新叙》，《陈独秀文章选编》（中），第118页。

了。"[1]"因为《西游记》上所讲的都是妖怪,我们看了,但觉好玩,所谓忘怀得失,独存鉴赏了——这也是他的本领。"[2]在评论《儒林外史》时,鲁迅也立足于人的角度,对作品的人物刻画做了高度评价:"故能烛幽索隐,物无遁形,凡官师,儒者,名士,山人,间亦有市井细民,皆现身纸上,声态并作,使彼世相,如在目前。"[3]

五四作家重构文学经典的第三个标准是"民间"或者说"大众"。五四文学一个显著特征就是促进文学走向大众,周作人《平民文学》充分体现了五四文学这一基本思想指向,五四时期的歌谣运动等也都包含着这样的旨趣。文学经典的建构也体现了这样的精神,在选取标准上蕴含着强烈的民间意趣和平民情怀。胡适明确表示:"庙堂的文学固可以研究,但草野的文学也应该研究。在历史的眼光里,今日民间小儿女唱的歌谣,和《诗》三百篇有同等的位置;民间流传的小说,和高文典册有同等的位置,吴敬梓,曹霑,和关汉卿,马东篱和杜甫,韩愈有同等的位置。"[4]他还声称:"一切新文学的来源都在民间。"[5]因此,胡适《白话

---

[1] 胡适:《西游记考证》,《胡适文集》第6卷,人民文学出版社1998年版,第150、147页。
[2] 鲁迅:《中国小说的历史变迁》,《鲁迅全集》第9卷,第328页。
[3] 鲁迅:《中国小说史略》,《鲁迅全集》第9卷,第221页。
[4] 胡适:《〈国学季刊〉发刊宣言》,《国学季刊》第1卷第1号,1923年。
[5] 胡适:《白话文学史》,《胡适文集》第4卷,第34页。

文学史》将相当大的篇幅放在民歌和平民诗人上，在鲁迅、胡适所推介的古典小说中，有相当部分是《水浒传》《三国演义》这样具有浓郁民间文化色彩的作品。这一标准在"五四"经典重构中的影响力，可在《聊斋志异》与《阅微草堂笔记》两部作品的不同遭遇中见到一斑。两部作品都是文言小说，体裁、内容、文学成就也大体相似，但前者受到五四作家推崇，进入经典之列，后者却基本上被人忽略。之所以如此，一个重要原因就是《聊斋志异》具有强烈的民间文化色彩，而《阅微草堂笔记》则充盈着文人气息。[1]与之相一致，五四作家在评判和推崇经典时也很重视文学在社会大众中的接受效果，充分考虑作品的社会影响和受欢迎程度。典型者如《三国演义》，胡适对《三国演义》的文学成就特别是审美价值评价并不高，但立足于现实社会效果和影响的角度，依然认为它是"一部趣味浓厚，看了使人不肯放手的教科书"。

"五百年来，无数的失学国民从这部书里得着了无数的常识与智慧，从这部书里学会了看书写信作文的技能，从这部书里学得了做人与应世的本领。"[2]在此，它被赋予了文

---

[1] 陈卫星：《"五四"新文学观念对中国古代小说研究的影响》，《华中师范大学研究生学报》2007年第2期。
[2] 胡适：《〈三国志演义〉序》，1922年亚东图书馆出版，收入《胡适文集》第6卷，第86、87页。

学经典的地位。无独有偶，鲁迅也认为《三国演义》存在着"描写过实""文章和主意不能符合"等思想艺术缺陷，但从社会影响角度考虑，也给予了肯定的推崇："所以人都喜欢看它。将来也仍旧能保持其相当价值的。"[1]

五四作家对传统文学经典的重构，并不是完全的横空出世，而是对前人有所继承和借鉴，他们对许多作品的认识，也建立在前人思想的基础上。

最典型的如进化文学观。这一思想的源头开始于梁启超，王国维亦有所继承和发展。如梁启超说："文学之进化有一大关键，即由古语之文学，变为俗语之文学是也。各国文学史之开展，靡不循此轨道。"[2]王国维也指出："凡一代有一代之文学；楚之骚，汉之赋，六代之骈语，唐之诗，宋之词，元之曲，皆所谓一代之文学，而后世莫能记焉者也。"[3]正如后人的评判：王国维"有文学蜕变之说，而胡氏有白话文学史观"。[4]胡适的《文学改良刍议》和《白话文学史》，以及整个对传统文学经典的重构活动，均可看到上述文学进化观的痕迹。再如以"人"为中心的经典评判标

---

[1] 鲁迅：《中国小说的历史变迁》，《鲁迅全集》第9卷，第324页。
[2] 梁启超：《小说丛话》，《新小说》第7号，1903年，收入夏晓红辑《饮冰室合集·集外文》（上），北京大学出版社2005年版，第148页。
[3] 王国维：《宋元戏曲史》，新世界出版社2012年版，第1页。
[4] 浦江清：《王静安先生之文学批评》，浦汉明编《浦江清文史杂文集》，清华大学出版社1993年版，第9页。

准，也可看到与前人思想的关联。特别是王国维对文学与人生关系的强调，对文学独立性特别是对美、真和自然特征的推崇，都对胡适、鲁迅的经典评判有所影响。有学者对王国维文学思想进行这样的概括："一是形成了以进化论为基础的文学史观；二是对于能够反映国民之思想情感的平民文学的重视，亦即对于小说、戏剧等大众文学的提倡。"[1]它们都可在五四作家的经典构建中找到影子。此外，五四作家所推崇的部分经典作品与前人的认识也颇为相关。作家对小说体例的特别器重，与梁启超开始的"小说界革命"自有联系。包括近现代人对《水浒传》《红楼梦》等作品的阐释和评价，如金圣叹的推崇和评点，如王国维、蔡元培等人的解读和考订，都是五四作家进行经典化建构的重要前提——虽然五四作家的推崇力度和意义都远非前人能比，但确实可看出"五四"的经典重构是历史的积累，是不断往前推进的一个过程。

但是，正如后来胡适对自己与王国维古典文学观念的辨析："其实静庵先生的见解与我的不很相同。我的看法是历史的，他的看法是艺术的"[2]，也如当代学者对他们二人文学观念和文学进化观上差异性的比较："一个是从古典取来

---

[1] 董乃斌、陈伯海、刘扬忠主编：《中国文学史学史》（第3卷），河北人民出版社2003年版，"绪论"第7页。
[2] 胡适：《胡适致任访秋》，耿云志编《胡适遗稿及秘藏书信》第19册，黄山书社1994年版，第82页。

有用的材料,来延伸'一代有一代之文学'的历史;一个是要直接生活在古典之中,在'一代有一代之文学'的历史中,选择最适宜生存的文体时代。"[1]五四作家是以全新的现代立场,志在建构一个新文学的价值观念,对传统文学进行的全面批判性审视,无论是在对传统文学经典最基本的意义理解、文学鉴别,还是在最根本的价值判断标准和立场上,他们都显示了自己的独特性和创造性,与传统文学以往的经典建构形成了显著而根本性的差别。因为在中国文学传统中,对以往经典作品进行反思和重构并不鲜见,在中国传统文学经典历史中,时常可见对传统经典进行商榷乃至颠覆的现象。但是,这些反思和重构基本上只有局部、个体的调整和更替,而没有根本性和观念性的变化。五四作家的经典重构借鉴和吸取了前人思想,但在根本原则上是全新的,意义也是重大的。具体而言,其一,它秉持文学独立的原则,将"文学"从传统概念的混乱无迹中解放出来,赋予其现代的独立内涵。特别是在小说体裁上,它将这一在以往被视作旁门稗类的文体拉入正规文学殿堂,是对传统文体观念的重大突破。与之相应,它的文学评价标准也完全摆脱了中国传统文学历史中经史相连、文史不分的价值观念,凸显了文学自身的独立特征。其二,它超越了"文以载道"的传统文学

---

[1] 彭玉平:《王国维与胡适:回归古典与文学革命》,《复旦学报》2013年第5期。

标准，不再只是将文学作为载"道"的工具，而是以"人"的个性和解放为中心，贯彻着现代人追求独立自由和个性的精神。其三，它以白话文学和小说创作为基点，对传统主流文学的贵族、官僚气息进行了全面否定，将文学与大众生活和大众接受紧密相连。可以说，五四作家的文学经典建构思想内在地蕴含着"人的文学""平民文学"主旨，也与"民主科学""个性解放""自由平等"等现代精神息息相通。特别是后两个方面，既以现代的文学价值观提升了文学高度，又有效地拉近了文学与生活、文学与大众间的距离，改变了传统意义上的文学特性，是对中国文学的一次历史性解放和提高。

五四作家的传统经典重构是五四文学的一部分，但其观念并不完全等同于"五四"主流观念，而是具有自己的独特性和创新性，这既显示出经典重构活动本身的文学史意义，也充分体现了五四文学的发展性和张力特征。

首先，从内涵上看，如果说五四新文学最主流，也是最外在的特征是"破"——对传统文化和文学的批判的话，那么，经典重构则更侧重于"立"，是对传统文学的借鉴性构造。因为五四文学作为新文化运动的一部分，其重要的目标是迎取现代文化，因此，批判传统特别是否定传统中的文化因素，构成其最有影响的标识。而经典重构则更多代表了五四文学建设性的一面——正如钱锺书所说:"一切成功的文学革命都多少带些复古——推倒一个古代而另抬出旁一个古代;(四)若是不顾民族的保守性,历史的连续性而把一个绝然新异的思想或作风介绍进来,这个革新定不会十分成功。"[1]所谓有破就有立,有否定就要有建设。作家的经典重构活动尽管与"五四"的基本目标一致,都致力于中国文学和文化的更新,但是方式却有所差异,甚至在对一些具体问题的认识与评价上还存有龃龉之处。这既显示出五四文学内涵的丰富性,从更深层次看,二者也构成一种互补关系,即促使五四文学在批判与建设、否定与肯定之间寻找更好的平衡。

其次,从观念上说,它更加彰显了五四文学发展的阶段性特点。从时间上看,经典重构主要在"五四"高峰期过去后,它所代表的主要是"五四"中后期作家的思想观念。也就是说,持续十余年的五四新文学运动不是静止不变,而是发展变化着的,当中各个阶段的特征和方向并不完全一致,而是有所偏向和分歧的——这一点常为我们认识五四文学时所忽略。我们经常以"五四"的高峰期和主流观念来指代整个五四文学,却没注意到不同时期的差异以及这种差异背后的意义,特别是没有充分重视后期"五四"的意义,以及它

---

[1] 钱锺书:《论复古》,《大公报·文艺副刊》第111期,1934年10月17日,收入《钱锺书散文》,浙江文艺出版社1997年版,第509页。

对前期"五四"的某些纠偏和超越。比如，我们惯以"白话文运动"来概括五四新文学运动，其实，在"五四"的不同阶段，特别是在早期与中后期，作家对"白话文"内涵的认识存有较大不同。甚至在同一个作家（包括胡适、鲁迅、周作人这样的代表作家）那里，前后观念都会有明显差异。只有认识到这种发展性，对"五四"的认知才是全面和准确的。

对传统经典的认识在"五四"的不同阶段确有差异。事实上，同样参与传统经典重构的作家，其观点和意见也不尽相同。如对于新文学与传统文学的关系，以及究竟尊何为中国传统文学经典，胡适与周作人的看法就有较大差异。周作人很不认同胡适"将白话文学视为中国文学唯一目的"的观点，也反对"古文是死文字，白话是活的"的说法，而是将传统文学经典的内涵定为"性灵"，并将其追溯到晚明时期。他在1932年出版的《中国新文学的源流》一书中，将这一态度表达得非常明确："我以为：现在的用白话的主张也只是从明末诸人的主张内生出来的。"[1]此外，在具体经典作品的选择和认定上，作家之间也存有分歧。如胡适、钱玄同对《三国演义》的经典价值就持不同观点，胡适、鲁迅、陈独秀等人对《红楼梦》

---

[1] 周作人：《中国新文学的源流》，华东师范大学出版社1995年版，第58—59页。

《金瓶梅》等文学性方面的理解也有较大分歧。这是文学经典建构多元化和复杂性的表现，也体现了五四新文学的丰富性和开放姿态。

从时代发展的角度看，五四作家的传统文学经典重构无疑是顺应历史潮流的。它以现代眼光对传统文学进行再造，是一种将传统文学拉入现代文化的重要方式："一切被发明的传统都尽可能地运用历史来作为行动的合法性依据和团体一致的黏合剂"。[1]换言之，以新的视野和方法重新认识和审订传统文学经典，是文学经典发展的正常方式，一味地循规蹈矩反而可能阻碍经典的发展。"五四"的新旧交替时期，中国传统文学的更新势在必行，传统经典的创新性阐释和建构也非常必要。只有甄选出具有现代内涵的经典，发掘出其现代性特征，才能适应时代发展的要求，伸展、焕发其活力与生命力。从历史角度看，任何文学史的发展都是经典不断被重构的过程。近年来，中国社会文化也有较大变化，人们对五四作家建构的某些传统经典名著也进行了质疑、反思和批判性解构，如质疑《水浒传》中的血腥描写和暴力倾向，如批评《三国演义》中的权谋和人性恶的褒扬性书写，以及对《红楼梦》与《金瓶梅》价值高下的不同意见等。尽管其中存在着某些极端、片面和浮躁的现象，但总体来说，

---

[1] [英]E.霍布斯鲍姆、T.兰格编：《传统的发明》，顾杭、庞冠群译，译林出版社2004年版，第15页。

它反映的是一种新的时代文化要求,是新时代发出的再次重构文学经典的呼声。

在此,需要对"五四"经典建构的所谓"片面性"特征进行一些辩解。近年来,对五四新文学的反思声音渐多,其中,针对五四作家的传统经典建构也多有非议,认为它建构的基本上是白话文学经典而排斥了文言文经典作品,态度片面而偏激,其背后隐含的是欧美中心的价值观念,是对中国传统文学的曲解。有人甚至征引梁启超的话来予以贬责:"盖由吾侪受外来学术之影响,采彼都治学方法以理吾故物。于是乎昔人绝未注意之资料,映吾眼而忽莹;昔人认为不可理之系统,经吾手而忽整;乃至昔人不甚了解之语句,旋吾脑而忽畅。质言之,则吾侪所恃之利器,实'洋货'也。坐是之故,吾侪每喜以欧美现代名物训释古书;甚或以欧美现代思想衡量古人。"[1]但这种责难其实并未充分考虑时代的具体情境。一方面,五四作家的经典重构并不能简单用片面进行概括。它虽然以白话文学为主体,遗漏了不少优秀作品,有其不足之处,但它打捞起的许多新经典,确实是对传统经典极有意义的补充,也是对传统文学史的丰富和完善,有效彰显了传统文学的成就和魅力;另一方面,在"五四"新旧交替的剧烈文化冲突中,设想以完全客观均衡

---

[1] 梁启超:《先秦政治思想史》,《饮冰室合集·专集》第9卷,中华书局1989年版,第13页。

的态度来阐释和延承传统文学经典,既不现实又不能令人信服。在现实环境下,没有鲜明的立场和坚定的态度,没有一定的片面和激进,是不可能完成现代文化的转型任务的。正如有的历史学家所言:"对于过去的探究,是由现实利益、价值体系所引起和确定方向的。"[1]而且,"不可能有一部'真正如实表现过去'的历史;只能有各种历史的解释,而且没有一种解释是最后的解释;因此每一代人都有权利去作出自己的解释。……因为的确有一种迫切的需要等着解决"[2]。总体来说,五四作家的经典重构是适应时代要求的行为,他们以自己的思想和行为顺应了时代要求——尽管不能说完美无缺,却开启了一个新时代,促进了中国文学和文化的现代转型。今天,我们不应该简单苛责五四作家在传统经典建构过程中的某些片面性和选择性,而是要承继五四时期的精神资源和理论方法,并对之进行必要的调整、补充和完善,以便能更好地接续和发展传统。

---

[1] [法]雷蒙·阿隆:《历史哲学》,田汝康、金重远选编《现代西方史学流派文选》,上海人民出版社1982年版,第102页。
[2] [英-奥地利]卡尔·包勃尔:《历史有意义吗?》,田汝康、金重远选编《现代西方史学流派文选》,上海人民出版社1982年版,第155页。

经典重构与新文学未来发展

五四作家对传统文学经典的重构持续时间虽不是很长，也不如五四初期对传统文学批判的影响大，但它无论是对于五四文学，还是对于传统文学经典本身，甚至对于中国文化整体的现代转型，都具有很重要的意义。而且，其意义不只在当时，今天依然有借鉴和参考价值。

首先，它促进了处于初生状态的新文学运动与传统文学的关联，沟通了它与读者大众之间的关系，从而扩大了新文学的社会影响，有力推动了新文学运动的成功。五四新文学在内容和形式上都与传统文学有很大差异，在其新生之初要获得成功，首先要得到社会大众的认可，产生好的社会影响。通过传统经典重构这一媒介，新文学接续了与传统文学的密切关系，有助于实现人们对新文学的心理认同。因为在新旧文学交替之际，人们内心对新文学存在心理归属、审美文化传统等多方面的认识误区，将新文学纳入传统脉络，能使读者消弭心理障碍，更自如地接受新的文学形式和文学思想，以成为新文学的拥戴者。重构的传统文学经典在此以非常必要的过渡和中介方式参与了新文学的建设工作，推动了新文学的传播和发展。所以，在1935年总结新文学运动时，胡适将其成功归结于传统，以及对传统力量的借助："若不靠这一千年的白话文学作品把白话写定了，白话文学的提倡必定和提倡拼音文字一样的困难,决不能几年之内风行全国。"[1]

重构的传统文学经典带着被五四作家发现或赋予的现代性内涵,在比新文学更广大而普遍的读者市场中发挥着现代思想文化的传播作用,推动着中国社会文化走出传统、步入现代。换言之,五四作家的经典重构,既促进了这些古典文学名著在社会文化中的影响力,也促进了其融入现代生活,完成自身与现代对接,展示出强盛生命力。因为五四作家所推崇的这些经典,确是中国传统文化和文学中优秀的部分,其本身就具有适应现代社会的潜质,因此,五四作家对它们的重构,是对其优秀品质的挖掘和提升,也是让中国传统文化参与现代社会的重要方式。从更宽广意义上说,"五四"的经典建构不是作家独立完成的,而是由社会、大众的推动共同建构。《红楼梦》《西游记》《水浒传》等作品一经作家推动进入出版市场,很快就受到广泛欢迎,这正是因为它们适应了时代大众的接受需求,适应了社会发展大潮。

其次,它对于新文学的发展方向起到了重要的规范和纠偏作用。具体地说,它避免了新文学偏离民族文学的发展轨道,走入"全盘西化"的境地。在五四初期确实存在这种可能性,因为完全隔离传统文化和文学乃至废除汉字的极端言

---

[1] 胡适编选:《中国新文学大系·建设理论集》(影印本),上海文艺出版社2003年版,"导言"第16页。

论时有出现，而其在知识分子中的影响更大。如陈独秀和钱玄同就说过："新旧之间，绝无调和两存之余地，吾人值得任取其一。"[1]"欲使中国不亡，欲使中国民族为二十世纪文明之民族，必废孔学、灭道教为根本之解决；而废记载孔门学说及道教妖言之汉文，尤为根本解决之根本解决。"[2]对传统文学经典的重构客观上避免了五四文学发展走向全盘西化的可能，它既让读者认识到新文学并非外来之物，对它有了更多的认同和接纳，也让作家增加了与民族、传统文学关联的自觉。特别是从文化角度考虑，传统文学经典的被建构加强了文学界的民族认同感与对传统的归属感，胡适、司马长风等人之所以在后来主张把五四新文学运动称作"中国文艺复兴运动"，正是认为"五四"传统经典重构工作接续了传统，复兴了传统。[3]作为新文学的开端，"五四"所引导的道路和方向对于新文学的发展也许是根本性的。假如新文学在彻底的非传统氛围中发展，作家创作向着完全西化的方向发展，那真是中国文学的噩梦。

五四作家建构的传统文学经典，对新文学创作的影响巨

---

[1] 陈独秀：《答佩剑青年》，《新青年》第3卷第1号，1917年3月。
[2] 钱玄同：《中国今后之文字问题》，《新青年》第4卷第4号，1918年4月。
[3] 胡适：《一九五八年五月四日在台北"中国文艺协会"的讲演》，司马长风《中国新文学史》上卷，昭明出版社1980年版，"导言"第1页。

大而深远。对处于草创期的五四作家来说,有了对传统文学经典化的先导,他们就可避免"保守"和"落后"的心理障碍,更在西方文学之外找到了另一新的精神和艺术资源——而且,相对于西方文学而言,中国传统文学资源更亲切,也更易接近。从新文学发展历史看,传统文学的因素从未中断,五四作家所建构的古典文学经典更是深刻影响着新文学的发展。有学者认为:"就拿《红楼梦》来说,'五四'作家正确评定了它在中国小说史上的典范地位,亚东书局出版了分段标点整理的新版本,从而使它获得更广泛的读者,并由此影响了一批现代作家。""《红楼梦》成为那一时代文学青年的第一部爱读的书,正是直接或间接推动长篇大家庭小说在三四十年代结出丰硕果实的一个重要因素。"[1]此后,在抗战文学、"十七年文学"等多个阶段都曾出现传统文学经典的仿写潮,《红楼梦》等作品的家族主题更被巴金、林语堂、茅盾、张爱玲,以及陈忠实、王蒙、王安忆、格非等人广泛借鉴。中国新文学的迅速成长,西方文学的导引固然重要,但与中国传统文学经典的典范性影响也有深刻联系。

最后,它对中国近现代社会的中西文化关系具有方法论意义。审视从甲午战争到"五四"二十多年的历史,人们对中西文化关系大致取两种态度:一是"化西",即所谓的

---

[1] 方锡德:《中国现代小说与文学传统》,北京大学出版社1992年版,第14、22页。

"中学为体，西学为用"，主张以中国文化为本体，借鉴和吸收西方文化优长，补强自己；二是"西化"，即按照西方文化的标准来改造自己，以西方文化为目标来改变自己。这两种观点各有影响，也各自在不同时期取得思想的主导地位。但是，它们又都存在各自无法调和的矛盾，难以形成共识。因为"化西"的前提是不在实质上改变自己，因此，它存在着究竟能否在根本上跟上现代步伐的关键症结；而"西化"的主张又让人担心是否能保存独立本体，是否会完全成为西方文化的仆从。

"五四"的传统文学经典重构以自己的方式避免了"西化"和"化西"的困境。其一，它不是将中国传统进行简单的断裂，而是有效地继承，并且还采用考证、辨析等多种方法，去探测和挖掘其真实的历史状貌，加深而不是解构其与历史的关系。然后，通过这些重构的经典所具有的中介作用，新文学与传统发生有效的关联，又促进了传统的现代化变革。正如艾略特所说："从来没有任何诗人，或从事任何一门艺术的艺术家，他本人就已具备完整的意义。他的重要性，人们对他的评价，也就是对他和已故诗人和艺术家之间关系的评价。"[1]也就是说，优秀作家与传统的关系既不是

---

[1] ［英］艾略特：《传统与个人才能》，《艾略特文学论文集》，李赋宁译注，百花洲文艺出版社1994年版，第3页。

僵化的，也不是断裂的。一个作家只有融入传统，才能依靠深厚的民族文化背景，彰显自己的独特性，呈现自己更为深厚的价值。五四作家的传统经典重构正是这一要求的充分实践，它将自己融入传统，在继承中进行融通和再造。其二，它并非固守传统，而是持批判性的发展和革新态度。它甄选经典的标准、赋予经典作品的内涵都是现代的，推介的经典作品也都是具有现代内涵和潜质，与现代社会文化方向相一致的。这就保证了它所建构的经典不会落入传统文学的窠臼，而是让传统文学融入现代社会，步入现代生活的轨道。周作人在新文学运动结束后的自我评述，既展示了传统文学经典在新文学发展中的作用，也揭示出"五四"对传统经典的重构和借用已跨越了"中西究竟何者为体"的界限，以融合的方式共同推进了新文学的现代转型。它既是对传统的继承，也是对传统的超越；既是对西方的学习，也是对西方的本土化融入。他表示："我相信新散文的发达成功有两重的因缘：一是外援，一是内应。外援即是西洋的科学哲学与文学上的新思想的影响，内应即是历史的言志派文艺运动之复兴。假如没有历史的基础，这成功不会这样容易，但假如没有外来思想的加入，即使成功了也没有新生命，不会站得住。"[1]

---

[1] 周作人编选：《中国新文学大系·散文一集》（影印本），上海文艺出版社1981年版，"导言"第10页。

经典重构的方法论价值还包括对历史的实证和实践精神。要想立足于现代角度辨析、甄选和构造传统,一个重要前提是深入传统之中,了解和认识传统。在这方面,五四作家做出的贡献是巨大的。他们对传统文学经典作品进行的大量爬梳辨析、考证还原等实践工作,是这些作品的经典地位得以建立的重要基础,也是其精神内涵得以充分呈现的基本前提。就现代人认识和判别传统而言,这种方法和精神是非常重要的。遗憾的是,五四时期之后,这种精神和方法在中国文化和文学界都逐渐消失。在焦虑的社会文化环境中,多数人急于彰显自己的态度和立场,却疏于做认真的梳理和考辨工作,以至于人们虽奢谈传统,却并不真正了解传统,其结果是我们对于传统的内涵越来越陌生,对传统实质的理解也变得越来越模糊。审视近年来的许多学术史和文学史,我们看到的基本上是各种立场和态度的交锋,却看不到对传统认识的实质性推进。后来者对五四新文化的认识,也往往忽略了其基础性和实证性的一面,将它简化为某种立场和态度来进行张扬和继承。实际上,我们最需要继承"五四"的,恰是其艰难持守的实证精神,是对传统的潜心考辨和实践方法。以此为前提,才可能做到对传统的深入理解和科学判断,进而进行现代化的扬弃。

当然,五四作家的传统文学经典建构并不是没有缺陷,只是这些缺陷的存在有着复杂的历史文化背景。指出这一点，既无损于我们在整体上对它的充分肯定，也绝没有苛责之意，而是为了让后来者绕开陷阱，更好地承继前人的事业。缺陷之一是文化实用色彩过强，对经典的选择太过狭窄和严苛，未能让更多的传统经典接受现代的"洗礼"和演化。胡适曾说过，他们开展新文学运动的最终目的在于国语的革命，为了将语言作为工具，他表示："我们所提倡的文学革命，只是要替中国创造一种国语的文学。有了国语的文学，方才可有文学的国语。有了文学的国语，我们的国语才可算得真正国语。"[1]也就是说，运动的目的并不在文学本身，而是以文学为工具来介绍和引进西方文化，进行文化启蒙。因此，他们在品评和选择经典作品时，语言的应用成为首要甚至是唯一的原则，其他的文学要素特别是纯粹审美因素被严重忽略，从而导致其经典建构的范围局限性较大，一些重要的优秀经典如屈原、苏轼和中国古典戏曲文学等都未能进入视野，许多虽不是白话，却蕴含着鲜明的现代人性和独立个性因素的优秀作品却被遗漏了。在全力推崇白话文、意图迅疾进行文学现代转型的时代背景下，不能说五四作家的做法是错误的，考虑到一些特别因素存在，这一问题就变得可以理解了。这些特别因素是时代急迫、国家衰落，作家急于启迪民智，因此投身经典重构活动的作家相对较少，工

---

[1] 胡适：《建设的文学革命论》，《新青年》第4卷第4号，1918年4月。

作也无法系统化。但客观地讲，它对中国传统文学更合理有序地实行现代转型，对中国传统经典意义更有效地彰显，确实存在一定的负面影响。

缺陷之二是对文学因素重视不够。正因为过于从功利角度出发，虽然也有人在经典讨论中提出要关注文学性："适以为论文学者固当注重内容，然亦不当忽略其文学的结构。"[1]但实际上，整个活动的重点与文学还是有相当程度的疏离。作家对传统文学经典作品的选择和评论多立足于历史、社会进化角度，侧重于它们与社会、时代的关系，较少关注其审美个性，更难以对审美传统进行经验总结。简言之，五四作家的传统经典重构完成了一部具有思想和语言进化意义上的中国文学历史，却尚未建构起中国文学独特审美个性的历史，没有充分揭示中国传统文学的独特个性与价值。这对中国文学的发展具有某些不利影响。以中国古典戏曲为例，在新文学运动早期，胡适等人也曾表示过对中国古典戏曲的肯定："适每谓吾国'活文学'仅有宋人语录，元人杂剧院本，章回小说，及元以来之剧本，小说而已。"[2]但这些表态基本上只是从功利层面出发，仅从"白话"方面考虑，并未触及中国戏曲独特的文学审美属性。很自然地，

---

[1] 胡适：《再寄陈独秀答钱玄同》，《新青年》第3卷第4号，1917年6月。
[2] 胡适：《胡适留学日记》（下册），安徽教育出版社1999年版，第318—319页。

这种急功近利式的肯定态度不可能持久，所以很快地，他们就都改变了态度，明确站在西方戏剧的观念和立场上，全面贬低甚至是彻底否定了中国古典戏曲的意义："如其要中国有真戏，这真戏自然是西洋派的戏，决不是那'脸谱派'的戏。要不把那扮不像人的人，说不像话的话全数扫除，尽情推翻，真戏怎样能推行呢？"[1]"扫除旧日的种种'遗形物'，采用西洋最近百年来继续发达的新观念，新方法，新形式，如此方才可使中国戏剧有改良进步的希望。"[2]在五四作家所建构的传统文学经典中，也几乎完全将传统戏曲文学排除在外，包括《西厢记》《牡丹亭》等素有盛名的传统经典也都没得到作家的关注。这一状况对新文学戏剧艺术的发展造成了很大的负面影响——不只是中国传统戏曲发展式微，新兴的以西方为模板的话剧艺术也同样发展缓慢。其中涉及的因素当然不止一个，但"五四"经典重构中没有充分重视传统戏曲的价值，没有对其审美特征进行充分挖掘和建构，从而影响到中西艺术的高度融合，应有一定关系。此外，文学因素的相对匮乏，也影响到作家对具体作品的评论。其中不乏肤浅简单的论断，对一些作品价值的判断也存在较为明显的失误。如对《官场现形记》《二十年目睹之怪

---

[1] 钱玄同：《随感录十八》，《新青年》第5卷第1号，1918年7月。
[2] 胡适：《文学进化之观念与戏剧改良》，《新青年》第5卷第4号，1918年10月。

现状》等清末谴责小说的评价就明显高于其实际成就，而对《三国演义》《红楼梦》的艺术评价则明显偏低，或者说没有充分彰显其独特艺术成就。

在新文学运动十余年后，胡适这样谈当初忽视文学性的缘由："我们开始也曾顾到文学的内容的改革。例如玄同先生和我讨论中国小说的长信，就是文学内容革新的讨论。但当那个时期，我们还没有法子谈到新文学应该有怎样的内容。世界的新文艺都还没有踏进中国的大门里……所以在那个贫乏的时期，我们实在不配谈文学内容的革新，因为文学内容是不能悬空谈的，悬空谈了也决不会发生有力的影响。"[1]这也许不无道理，但无论如何，这种情况都限制了新文学与传统文学经典在艺术上的接纳和继承。特别是在"五四"之后，由于政治、文化等多重外在因素的影响，新文学与传统文学和文化之间的距离越来越远，作家的思想文化更是普遍游离于中国传统文学之外。许多作家的最大遗憾是不能尽善尽美地接近西方文学，对于他们来说，传统文学既陌生又卑下。

正因为如此，我们审视新文学历史，虽然可以看到传统文学经典的影响印迹，也不乏学习和借鉴传统文学经典的成功者，但总的说来，这种借鉴特别是在审美和艺术层面的借

---

[1] 胡适编选：《中国新文学大系·建设理论集》（影印本），上海文艺出版社2003年版，"导言"第28页。

鉴很不充分，传统文学的审美个性、叙事方法等未能被有效融入新文学创作中，蕴含中国传统文化精髓的独特哲学和审美思维更是基本上处于断裂状态。在新文学作品中，几乎看不到古老传统文学精神的现代回响，取而代之的完全是西方化的观念、思维、方法乃至意象。包括传统文学的经典故事类型也较少受到作家钟爱，得到现代性的改写和阐扬——比较起来，在现代西方文学中，经常可见经典文学故事被改写并大获成功的例子，如圣经故事、荷马史诗、堂吉诃德、哈姆雷特和浮士德等故事就曾无数次被歌德、乔伊斯等著名作家显性或隐性地书写，近年在读者中广受欢迎的《哈利·波特》也有着对英国传统文学故事的巧妙继承。经典传统故事既是文学书写的资源，也是深厚民族文化传统的重要标识，中国传统文学这一资源没有被充分开发，显然是一个很大的遗憾。我们不是说要简单固守中国传统文学的个性特征，事实上传统文学确是中华民族独特文化的典型体现，是其以独立个性和深度卓然于世的重要原因。今天中国文学如不能承继这一点，要真正进入世界，立于世界文学之巅，几乎是不可能的。当然，这一结果不能简单归咎于"五四"，更不能归咎于"五四"的经典重构；相反，应该从我们自身寻找原因，正是后来者没有很好地继承和发扬"五四"，没有祛除其缺陷，吸取其精华，才导致这些问题的产生。今天，反思"五四"经典重构的价值意义和不足，也是为了更好地发展

"五四"传统,科学和理性地对待传统。

任何历史、文学活动都不可能是完美无缺的。但对于一个民族的文学和文化来说,经典是个永远都必须面对和重视的问题。正如有学者所说:"任何国家都必须忠于自己的过去和历史上的英雄人物。每个国家都要依靠艺术家和知识分子去塑造民族历史的形象,去述说民族过去的故事。从某种意义上说,政治领导权的竞争就是民族自我认同的不同故事之间的竞争,或者说是代表民族伟大精神的不同形象之间的竞争。"[1]无论是一个作家创作的成熟,还是一种文学的深层次发展,乃至于一种民族文化精神的建立,文学和历史的建构都是非常重要的。文学经典更以其在传统中的独特地位,以及在社会文化中的独特影响力,承担着核心的典范意义。所以,在任何时代,经典的建构、流转和接受,都值得作家、文学界乃至整个文化界给予特别重视。今天,尽管我们的时代背景与"五四"有较大差异,但也处在一个剧烈的文化转型当中。在商业文化和互联网文化的双重夹击下,中国社会文化发展存在平面化、浅俗化的不足,这就容易与传统文学经典的建构形成某种矛盾性,也容易导致现实文化对传统经典(今天的"传统"已是包括五四文学在内的"新传统")持戏谑和嘲笑的解构态度,这也是

---

[1] [美]理查德·罗蒂:《筑就我们的国家:20世纪美国左派思想》,黄宗英译,三联书店2006年版,第1—2页。

为什么各种"戏说""大话""注水"屡见不鲜的原因。不是说这些解构毫无意义，有时它也折射出经典建构在新时代的变革要求，但从根本上说，无底线的解构会对经典的传播和影响构成毁灭性伤害，进而严重影响民族精神的重塑和社会伦理文化的重建。对此，显然迫切需要有针对性的思考和有效的举措。一个世纪前的"五四"先驱对传统文学经典的重构，其中的经验和教训，以及所蕴含的重要命题，如传统与现代、本土与西方等，都应引起我们的思考。这是传统经典文学重建及中国现代文学和文化进一步发展所不可忽略的问题。

回到文学的鲁迅

——对当前鲁迅研究的思考

鲁迅研究：挑战与期待

正如毛泽东在《新民主主义论》里将鲁迅定位为"不但是伟大的文学家,而且是伟大的思想家和伟大的革命家"[1],在20世纪浓烈的政治文化氛围影响下,社会大众对鲁迅的认识也基本上建立在这三个层面。现在,"革命家"的鲁迅已经逐步退出了人们的视野,占据主导地位的,是"思想家"的鲁迅——准确地说,应该是启蒙思想家的鲁迅。人们对鲁迅最深刻的印象是其文化启蒙和文化批判姿

---

[1] 毛泽东:《新民主主义论》,《毛泽东选集》(第2卷),人民出版社1952年版,第658页。

态，其最有代表性的思想是"改造国民性"，最著名的作品是被认为典型地传达了这一思想的《阿Q正传》。

这也深刻地影响到人们对鲁迅"文学家"的认识。多年以来，文学学者们研究鲁迅的主要角度是对其启蒙思想的阐释，对其文学作品的解读也主要集中在文化批判层面，探讨它们在具体时代、政治和文化环境中的价值和意义。反封建思想、批判封建专制、批判国民政府等，可以基本上概括鲁迅作品的全部主题。如对他的《阿Q正传》研究最多，却基本上局限在其国民性批判思想层面。对包括众多散文和杂文在内的其他作品，也很少超出其时代背景和反封建及现实批判的主题来认识和思考。这也直接关系到现有文学史对鲁迅作品的历史评价。虽然人们多认可《孤独者》《在酒楼上》等作品在精神上更切近鲁迅，思想意蕴更复杂和深切，艺术上也更细腻真切，但丝毫不能影响《阿Q正传》在鲁迅创作中的经典地位。

这种状况之出现，有其必然性，也有一定的合理性。一方面，20世纪的中国是一个思想剧烈转换的时代，传统向现代的嬗变，中国向西方的转型，是时代文化的主流，启蒙文化正是在这一要求下应运而生的。鲁迅作为五四新文学的代表，是启蒙精神的重要铸造者之一，或者说，鲁迅以文学的方式积极参与了启蒙运动，并将其思想推向了最深层和最具代表性的世界；另一方面，虽然鲁迅的时代距今天已经有了大半个世纪的历史,但社会文化的很多方面仍然有着相似性,人们依然可以从鲁迅的思想中吸取到丰富的精神资源,感受到强烈的针砭现实的意义。当前中国社会中,启蒙依然是许多知识分子的思想基础,作为五四文化象征者的鲁迅很自然地成为他们的旗帜和思想武器。这是鲁迅思想魅力留存的重要原因,也是人们侧重从启蒙思想角度认识鲁迅的现实基础。

但不可忽略的是,在鲁迅和他所参与开创的中国新文学已经有了近一个世纪历史的今天,无论是社会面貌、文化背景还是读者队伍都有了很大的变化。它们对传统的鲁迅研究和认识鲁迅的方式提出了挑战。

首先,中国现代文学正在走向经典化的过程。在这一过程中,包括鲁迅在内的所有作家,都要经受时间残酷而严厉的淘洗,而这种淘洗的标准只能是文学性——正是在这一标准的映照下,一些作家被重新审视,也有许多作家,包括像郭沫若、茅盾这样的重要作家,在经受巨大的考验,甚至已经逐渐离开经典的行列。换句话说,在走向经典的过程中,鲁迅需要充分展示出其文学上的独特意义和文学贡献。只有如此,其作品才能得到历史的认可,成为真正的文学经典。

其次,从时代来说,虽然今天与鲁迅的时代有着某些相似性,但毕竟,在大半个世纪的时间差异下,今天与鲁迅的时代已经有了许多根本性的区别。尤其是从读者群上来说,今天的读者，特别是青年读者（随着时间的推移，这样的读者会越来越多，直至对其时代完全陌生）对鲁迅所生活的社会文化环境缺乏清晰的了解，对启蒙文化的接受也有新的思考和改变。他们所希望接受的鲁迅，已经不再是单纯启蒙层面和现实层面的，更是超现实层面的。

而且更重要的是，五四的启蒙文化也面临着深刻的反思和转型。五四启蒙文化从现代性的基本方向来批判传统、迎应现代，是处于危难之际中国知识分子的正当选择，也是时代的要求。在当时背景下，它存在着局限和片面是完全可以理解的。但是，这并不意味着五四的所有遗产后来者都要无批判地继承，更不能要求后来者只能局限在五四文化的圈子里，不能越雷池一步。事实上，随着时代的发展和变化，今天社会的状况、所面临的问题，与五四时期已经有了很大变化。因此，五四文化有值得继承的一面，却也需要发展和超越，启蒙的内涵也需要发展和更新。只有深化五四，才是真正地发扬五四。典型而论，现代性是五四文化的基本方向，但在今天，社会最需要的也许是对现代性的反思，是对现代性内涵的重新思考和检讨；同样，启蒙现代性对待传统的基本方向是否定和批判，但是，在今天，这一方向同样需要深切的反思，传统的价值需要重新认定，给予更冷静的思考。在这一背景下，固守启蒙思想角度来认识鲁迅，显然难以真正认识，更不可能深化鲁迅的价值，也难以获得读者的积极认同。

第三，新文学的发展历史也提出了自己的要求。中国现代文学正在形成自己更稳固的传统，这需要建立起科学、系统的文学规范，需要对其经典作家的创作进行真正的文学性梳理，从中总结出新文学发展的基本艺术规律和创作方法，进而反思其历史嬗变轨迹，探索更佳的发展方向。鲁迅是新文学最有成就也是最重要的开创者之一，他的创作在新文学历史中具有很强的典型意义，其经验与教训都非常有代表性。非常有必要对他的文学创作做出深入的文学意义的思考和总结。

以上多个方面对鲁迅研究提出的共同要求，就是回到文学的鲁迅，突出鲁迅的文学意义，展现鲁迅作为文学家的特征和成就。在这一要求下，传统的、以鲁迅启蒙思想为中心的认识和研究方式，已经显示了自己的缺陷，甚至在影响和制约着人们对鲁迅的接受。

近年来在鲁迅接受上出现了许多引人注目的事件，其共同的特点是对鲁迅的菲薄。表现之一是许多青年作家和学者对鲁迅表示出强烈的反感，对其创作成就和艺术价值表示严厉的质疑[1]；之二是很多中学生和大学生（包括很多中学教师）抱怨鲁迅作品难以理解，难以接受，并表现出对鲁

---

[1] 其中最突出的表现是1998年由众多青年作家参与的"断裂事件"，《北京文学》1998年第11期。此外，王朔等作家也表达过类似态度。

作品相当程度的反感甚至厌恶[1]。青年作家们的认识当然有很大的片面、局限甚至错误,学生(中学教师)们的接受也与当前教育制度、教学方式等有更复杂的关联。但作为鲁迅研究者,首先应该思考这一情况与现有鲁迅研究的关系。我以为,文学研究界长期以来对鲁迅的认识和传播角度应该承担一定的责任。我们一直局限在启蒙思想和时代层面来理解鲁迅,对鲁迅思想的丰富性没有充分认识,尤其是没有揭示出鲁迅深邃而卓越的文学价值,没有展现出其丰富的文学魅力。以至于人们所接受的鲁迅就主要是一个单纯启蒙者和时代批判者的形象。这样,当人们失去对其时代和启蒙思想的熟悉和兴趣之后,就很难理解我们所习惯阐释的鲁迅思想和政治寓意,也就很难对鲁迅作品产生更大的兴趣和了解愿望,乃至对其文学价值和文学成就产生误解。

文学和文学的鲁迅

在很多习惯以思想为研究方式和评价标准的学者看

---

[1] 一个显著的表现是被选入中学教材的鲁迅作品越来越少,其背后所体现的是中学语文教师和中学生的集体声音。网络上围绕鲁迅作品入选中学教材问题又有激烈的争论。《中国青年报》(2009年8月13日)、《钱江晚报》(2009年8月12日)等都对之做了报道。

来[1]，从文学角度来研究鲁迅，将鲁迅主要看作是一个文学家，也许会局限鲁迅的意义。这其实是极大的误解。

首先，文学的价值并不低微，而是具有独特和巨大的存在意义。文学是一种独特的认识世界和人生的方式，对人的生存予以关注是其价值基础，深入人类情感和心灵世界则是其基本方式，对美的追求则赋予它深刻的艺术感染力。所以，文学能够卓立于人类精神世界中，与哲学、政治、历史、科学相并列，具有其他事物不可代替的价值。在人类文化史上，文学的意义不逊色于其他精神产品，对人类的贡献与科学同样巨大，优秀文学家的价值也丝毫不亚于哲学家、科学家。比如，对事物的评价，文学具有自己独特的、以真善美为基本准则的价值标准，区别于政治、历史、科学等其他文化，却丝毫也不显得逊色。比如从历史主义立场看，曹操可能是进步的，堂吉诃德可能是落后的，历史的评价也确乎如此。但是，《三国演义》和《堂吉诃德》以文学立场树立了自己的标准，赋予了这些人物与历史评价完全不一样的评判。我们绝对不能说《三国演义》和《堂吉诃德》的标准就是错误的、狭隘的，相反，它的价值立场显示了独特的内

---

[1] 轻视文学自身的价值，偏重文学的思想意义尤其是现实政治意义，是中国现当代文学研究界的多年传统。20世纪80年代后，从表面看，情况有了较大的改观，但实际上它依然深藏于许多研究者的意识中，制约着文学形式研究的深入。一个显著的表征是针对文学自身（尤其是文学形式）的研究成果明显偏少，而且成就偏弱。

涵和意义空间。再如对战争的认识，政治和历史学家可能关注战争的正义与非正义，关注战争的胜负关系，文学家却更关注战争对人的伤害，关注战争中人性的善与恶。文学从人的立场出发、从人性角度审视战争，更符合人的本质意义，也更有深度价值。

在这个意义上说，我们许多人以往对文学内涵的理解其实有一定的片面性。文学的内涵并不局限于形式，而是涵盖思想与艺术等丰富的内容，思想是文学不可缺少的重要要求和基本内涵。文学不仅仅关注文学技巧，还要探索思想内涵，探索人性、价值、道德和人类生存等深度主题，并且，这种思想的深度和独特与否是评价和考核文学价值的重要标准。真正优秀的文学作品，往往不只是在艺术表现上有创新和独到之处，其思想也是很有深度价值的。在人类文学史上，优秀的文学作品、优秀的作家往往同时是优秀的思想著作、思想家。他（它）们对人类生存的深切关注，对人性世界的深入探究，构成了其时代思想的重要部分。以20世纪而论，萨特、卡夫卡、乔伊斯等文学家对人类命运的思考深度绝对不逊色于一般的哲学家，他们的作品同时也是优秀的思想著作。

当然，文学形式本身也有着突出的意义。文学以审美为基本特征，美的形式是其不可缺少的重要组成者，也是文学魅力之一部分。甚至可以说，离开了形式美，也就难以谈论文学的美。它的语言技巧、结构艺术、叙事和抒情方法，充分而准确地表现了人们的生活和感情世界，为人们提供了高超的语言审美艺术品。而且，形式的内涵绝不只是形式本身，它内在地关系到作家的心灵和思想，是"有意味的形式"，形式研究对于整个文学研究的深入有着不可或缺的意义。所以，无论从现实还是从人类文化传统角度来说，文学形式都是值得尊重，都是具有非凡的独立价值的。在物质时代，文学所提供的美学价值，更是对物质文化一种独立而坚韧的反抗。在这方面说，从文学角度来深入认识鲁迅，绝对不是对鲁迅的贬低，而是能使我们更准确地认识鲁迅。因为一方面，鲁迅创作本身并不匮乏文学意义，只是我们缺乏对它的足够认识；另一方面，文学丰富深邃的内涵标准，决定了从文学意义认识鲁迅不但不会局限他，反而能够更深入地挖掘其价值，提升其价值和意义。

而且，从文学角度来认识鲁迅，可以更客观地认识鲁迅的文学史意义。许多人之所以菲薄鲁迅，是没有看到他在新文学历史中的处境和位置，是对他抽象和脱离历史的认识。如果将鲁迅放回到新文学历史中，我们就可以清晰地看到他对新文学的开创性意义和独特艺术贡献。鲁迅所处的时代是新旧文学的交替时代，他所参与的新文学是对传统文学的一种批判性创造。作为一个开创者，鲁迅在很多方面体现了独特而深刻的创造性。如在对传统的继承与对现代的借取上,如在将西方文学方法运用于现实生活的关注上,他都以成功的个案方式取得了卓异的成就,昭示了更深远的方向性意义。对于整个新文学的发展来说,鲁迅的贡献是空前的。

我们尝试对鲁迅的文学价值做出初步阐释:

首先,鲁迅作品体现了深邃而广阔的思想价值。简洁地说,鲁迅的作品表现了新旧交替之际的中国社会生活,以及人类心灵的复杂嬗变和真实律动,并以之为起点,探索了人类的心灵挣扎和困惑。19世纪、20世纪之交的中国处于剧烈的嬗变当中,以农民为代表的普通民众遭受着剧烈的命运颠簸,知识分子则典型地感受到心灵和文化的最尖锐冲击。鲁迅的《孤独者》《阿Q正传》《在酒楼上》《故乡》等作品,表现了这一时期变化中的社会状貌,展现了他们的痛苦生活场景,更深入其心灵深处,探究他们心灵的冲突、搏斗和困惑,揭示了他们在新旧文化变异中的艰难选择和迷茫困境。由于社会文化的变迁是人类不可避免的命运,因此,鲁迅笔下这些人物的困惑和追求既是个人的、时代的,也具有跨越时空的更普泛意义,是对人类困境、民族困境、个人困境多层次的关注。

这显然是对鲁迅价值更准确也是更高的认识。因为鲁迅虽然是五四启蒙运动中的一员,但他凭借深厚的文学和思想修养，凭借自己深邃的洞察力，在思想的复杂和深刻性上都超越了其他启蒙者。如《祝福》和《呐喊·自序》中所表现出来的明确的自我批评意识，《孤独者》等所表现的时代转换中知识分子自我心灵的艰难，以及在《故乡》等作品中表现出来对农民命运深切的关注，其思想已远非"国民性"批判可以概括和限制，而是深入到了人的生存与时代生存的高度。可以说，鲁迅的思想不只是进入到五四时期中国知识分子的最高度，而且已经进入到同时代人类文化的最高度，具有了高度的时代超越性。

其次，鲁迅的艺术成就也达到了非常高的高度。依靠深厚的传统文学功底，通过对传统文学的批判性吸收和对西方文学的借鉴，鲁迅的文学作品取得了很高的艺术成就。他不仅广泛而圆熟地运用了现代叙述方法，而且还将民族审美传统融会其中，以个人的含蓄蕴藉、优美深邃的文学风格，实现了传统文学审美特征的现代再现。在叙述方法和艺术精神两方面都达到了现代汉语文学的最高水准。以文学语言为例，鲁迅的语言貌似晦涩，其实有非常高的技巧，通过融合古文、翻译文体和口语的方式达到了很高的艺术境界，形成了含蓄深沉、简洁悠长的艺术效果。他的《雪》《风筝》《为了忘却的记念》等散文是中国新文学，甚至是整个中国文学史中的精品，是现代汉语运用的典范——虽然从美丽通畅来看，鲁迅有些作品的语言显得有些晦涩和不通顺，但其表现力和美感却远超于一般作家,其含蓄深远、丰富的张力内涵,都值得特别研究和肯定。

这些阐释当然还非常粗浅,但从中可以看到,文学意义的鲁迅有着深广的研究空间,他的文学价值也远比启蒙思想更为丰富和深邃。有识者在这方面投入更多的精力,肯定能给我们还原(提升)一个更深刻、更丰富,也更有文学魅力的鲁迅。

如何回到文学的鲁迅

当然,之所以强调回到文学的鲁迅,并不是菲薄现有的鲁迅研究成绩,也不是说现有鲁迅研究在文学研究方面没有进展和成就。事实上,现有鲁迅研究在对鲁迅文学意义的阐释上已经取得了相当大的成就。只是我以为,以往的许多文学研究受到思想文化角度的局限,对鲁迅文学价值的认识还不够充分和深入。在这个方面,强调回到文学的鲁迅,应该是在方法上有更清晰的转换,更集中和深入地挖掘其文学意义。具体说,有几个方面的问题需要特别强调:

第一是加强对鲁迅文学形式层面的研究,回到文本本身。

文学形式研究已经有了很多的研究成果,但研究的深度和广度都还有所不够。其中一个重要的原因，就是许多研究者没有立足于文学独立的角度来予以关注。他们虽然研究作品和形式，但都是将它们放在背后的现实、文化意义上来进行。换句话说，研究的归结点还在思想，形式不过是手段。对鲁迅作品的理解依然是文化和政治角度占据主导，其思维方式依然是在形式层面去寻找鲁迅创作的原初目的和思想意图。这样的研究，决定了形式研究不可能真正深入，导致鲁迅作品的形式价值未能得到充分的认识，并直接影响到人们对鲁迅文学价值的认定。我以为，这种研究方式忽略了重要的一点，从根本上说，文学作品一旦问世，就应该不再属于作家，它的意义就在于它独立的丰富的可解读性。如果局限于作家的创作初衷，那就不是对作品的正确解读，而是对作家的狭隘化。更何况中国新文学已经有了八十多年的历史，鲁迅作品的价值已经远非当初作者自己的意图可以限定，其意义也会更深远。另外，在与作品时代有很长的时间距离之后再去探求作者当初的创作目的和思想意图，很容易出现误读和过度阐释问题。

这种情况在鲁迅研究中很普遍地存在着。举一个典型的例子，《秋夜》是鲁迅非常优秀的散文诗，但长期以来，人们的研究都是将它作各种猜谜式的理解。如这个意象象征现实的什么力量，那个意象又指向现实的什么人物，将一篇文学作品"索隐"成了一部政治或个人私生活谜语。这种研究已经受到了学者的质疑。[1]其实,从纯粹的文学角度看,作品的意义也许能够更充分地体现。《秋夜》所展现的独特意境美,所蕴含的丰富象征性,并不需要借助于那些现实影射,本身就有广泛而深邃的意义,拥有很高的文学和思想价值。它是审美与思想、写实与象征的巧妙结合体。[2]《秋夜》只是一个例子,这种情况在鲁迅作品解读中很普遍地存在。显然,真正回到文本,回到文学形式自身来研读鲁迅作品,研究者还有很大的开拓空间。这也应该成为鲁迅文学性研究的重要方面。

第二是开阔视野,立足于更高和更深远的文学背景上来认识鲁迅。

这包括两个方面的意思。一是从更广阔和丰富的文学内涵上来理解鲁迅。我们对鲁迅作品的分析,要开阔视野,不应该只局限于现实和本土角度,应该深入到人类文化和人类生存命运的高度。像近年来一些学者对《阿Q正传》的研究,超越原有的启蒙文化角度,考察它在世界文学背景下的意义和局限,赋予了其更丰富的内涵,就很有启示意义。[3]

---

[1] 李今:《研究者的想象和叙事——读〈鲁迅:为爱情作证——破解《野草》世纪之谜〉想到的》,《中国现代文学研究丛刊》2004年第4期。
[2] 贺仲明:《文本法之于鲁迅的教学与研究——以〈秋夜〉为例》,《江苏教育学院学报》,2003年第5期。
[3] 陈漱渝:《说不尽的阿Q:无处不在的魂灵》,中国文联出版公司1999年版。

但这种研究还有待于更广泛地运用到对鲁迅其他重要作品的认识上来。二是从新文学历史的背景上来认识鲁迅。如果说打开文学的视阈是对鲁迅研究深入的开掘的话,那么,从新文学历史上来研究鲁迅,则是对其宽度的拓展。这对鲁迅研究的深入和新文学历史的深入都有积极意义。从鲁迅研究角度而言,从历史出发可以更深切地认识鲁迅的开创性地位;从新文学研究角度而言,可以更好地总结新文学发展历程中的文学变迁,并以之推动其他领域的研究。这方面有非常多值得开拓和深入的话题。比如鲁迅与新文学其他作家关系的研究,以往的研究多侧重于生活交往和影响等方面,实际上,从文学内部作深入的关联研究就很有价值[1]。再如鲁迅与中国古典文学的关系问题。早在20世纪80年代初,王瑶先生就提出了这一问题,并做了较为深入的思考[2]。但由于这一问题直接联系到新文学的内在资源和发展方向,对它的探讨,既需要充分考察新文学的背景,又要有深广的古典文学基础,学术界目前的研究始终不是很充分。这显示出认识文学意义的鲁迅绝对不简单,而是有深广的空间,期待挖掘。

其中,需要特别提出将文学意义的鲁迅与当前文学的创

---

[1] 在一次京派文学研究学术会议上,许祖华先生提出从鲁迅文学的背景上来研究京派文学,就是这方面的实践。其研究也得到了学术界的积极评价。参见湖南师范大学文学院编《中国京派文学研究60年国际学术研讨会论文集》(会议资料)。
[2] 王瑶:《鲁迅与中国文学》,陕西人民出版社1982年版。

作现实做必要的勾连。鲁迅对当前文学确实是有很大意义的，对其文学价值的强调也许能更有益于当前文学。因为文学的意义在当今时代与鲁迅时代相比已经有了很大的差别。鲁迅的文学有启蒙和反抗现实的一面（至少在很长时间内，人们主要是这么去理解他的），但是，在今天，在物质文化占据统治地位的时代，文学的意义也许不再是思想斗争和政治斗争的武器，它更是一种精神的守望，一种独立的审美品格。这是它借以反抗现实物质文化的源泉和力量，也是它生存的理由和基础。在这个意义上，文学上的鲁迅也许比启蒙的鲁迅和政治的鲁迅更有现实针对意义，更能成为今天文学的精神支持。另外，具体到文学创作领域，鲁迅的文学价值、所进行的文学选择，尤其是他在传统与现代之间进行的高度融合，对传统文学（特别是语言）兼顾批判和继承的创造性发展，依然能够启迪今天的作家，具有一定的示范性意义。

当然，回到文学意义的鲁迅，还需要不讳言鲁迅的某些局限。毕竟，鲁迅处于新文学的开创时期，虽然他是伟大的开创者，但也应该看到，他在某些新旧转换上还略显生硬，某些技巧还未完全脱离借鉴的痕迹。这都是难免的，并不损害鲁迅的价值。事实上，只要是真正从文学出发来认识鲁迅，鲁迅的意义绝对不会被低估，他的丰富性会得到更全面深刻的挖掘。

第三，也是最后要特别强调的是，回到文学的鲁迅，侧重认识文学意义的鲁迅，不是对以往鲁迅研究的否定，也不是菲薄鲁迅的思想价值，更不是将鲁迅的价值孤立化、简单化。它所期待的是一个新的转型，期待在新的时代下推进对鲁迅作为文学家一面的认识，这是对鲁迅意义面的丰富和深化，是对以往鲁迅研究的补充和完善。[1]鲁迅的启蒙思想尤其是社会批判思想在今天也并没有完全失去意义，我们有继承和发展的必要。但是，我们不能局限在自己所需要的立场上来理解和认识鲁迅，不能将鲁迅局限于我们的思想背景上。我们在继承鲁迅思想遗产的同时，不能让它成为遮蔽和忽视其文学价值的理由。我们应该还原鲁迅本身的文学价值，去体会其文学的深度，探询其文学魅力，传播其文学影响力。这样，才能真正确立鲁迅在中国社会历史和文学历史中的崇高地位，才能更全面地认识鲁迅的价值。在这个意义上，我们主张回到文学的鲁迅，并不是排斥和拒绝思想的鲁迅，或者说，它们应该是一个互补而不是简单的取代关系。

---

[1] 尤其是在鲁迅的资料整理和社会推介方面，以往的鲁迅研究取得了很大的成就，也依然有非常大的研究空间。

文学中的伦理与人性

——从对张爱玲、萧红评价引发的思考

伦理与人性：文学的两难

人性与伦理道德之间的冲突，是文学一个永恒的母题。说来也可以理解，文学的起源与宗教本就有着很密切的关系，有一种观点认为文学就是源于巫（宗教），是从宗教中分离出来的，因此，文学需要分担宗教一定的职责，也就是说要承担一定的伦理责任。在这种情况下，人类早期的文学往往都带有很强的道德劝诫意味，伦理色彩比较强。

但是，文学的本质是自律的。它最初之脱离宗教就是源于它独立的个性。它的追求方向是个性和自由，是对生命存在的探究和意义的追问。这一点，与宗教是完全不一样的。

宗教是服从、是崇拜，所以宗教不能问，只能聆听和遵循。因此，文学的发展道路是对宗教的不断远离，对自我的不断强化。它将"人"作为基点，以对自由的追求反抗所有规范，以对未知世界的不懈探索表现充分的独立和自信。[1]在这个意义上，文学既是人类文明的一部分，又对文明的约束构成一定的对抗和背离。它除了美和善之外，还有对真的追求。因为文学对生命的意义进行探索和追问，就必然会以真为追求目标，探索人性的深邃处，揭示人性的复杂和多元。在一些情况下，真与善和美之间是和谐的，通过真的探索可以更好地实现美和善，但在另一些情况下，它们的关系是矛盾对立的，不同的侧重点致使它们之间存在着必然的裂隙和龃龉。这既构成了文学与社会伦理的冲突，也造就了文学某些内在的冲突。而且，文学作为一种强烈个人化的创造，本身就与伦理的社会化特征形成某种对立。伦理所考虑的主要是群体，需要的是和谐、规范，而这些特征肯定会对文学构成限制，文学追求个人化，只有在个人化的追求中它才有生命力，才能有创造性。因此，文学对伦理的反叛和对抗几乎具有某种天然性。或者说，它们之间的矛盾冲突伴随着文学

---

[1] 几年前，我撰写过一篇评论某著名作家创作宗教倾向的文章，引起一些人的质疑和批评，认为信奉宗教的作家如陀思妥耶夫斯基等也可抵达文学顶峰，文学和宗教之间不构成任何矛盾。我未撰专文回应，但始终坚持自己的看法：文学与宗教确有某些相通之处，但差异也很明显，特别是在最终指向上，文学的指向是人，而宗教的指向是神。这种指向决定了文学与宗教之间多方面的分歧。

发展的全过程。

特别是近代以来，随着人类逐渐走出神学为主导的"中世纪"，进入到以人为中心的启蒙时代，追求人性表现、突破伦理禁区的文学层出不穷。许多优秀的作品打破了传统的伦理禁区，在帮助人认识自己、解放自己的道路上起到了探索和先锋的作用。在文学史上，不乏这样的文学著作，它们在问世时受到社会道德颇多谴责，后来却被视为人性解放的先驱，成为著名的文学经典。这样的例子在西方文学中很多，如卢梭的《忏悔录》，拜伦、雪莱的诗，劳伦斯的《查泰莱夫人的情人》，乔伊斯的《尤利西斯》，纳博科夫的《洛丽塔》等等，都曾经遭遇过这样的命运。中国文学史上也不乏这样的情形，如《诗经》就曾为秦国国君查禁，元稹的《莺莺传》在当时也颇受非议，柳永的词曾被作为有伤风化的艳词为文坛所鄙视。包括20世纪前期的郁达夫，以及当代莫言的某些作品，也受到较多的道德伦理批判。不过就总体而言，中国文学中的这种情况不是太显著。真正在道德上、伦理上反叛的作品不是没有，但这些作品的意图似乎主要不在揭示人性，而在肉欲或宗教的宣传等，如《金瓶梅》等色情小说。

当然，文学创作不都是以人性探索为指向，也有部分作家作品（从数量来说，这样的作品甚至要远胜于人性探索类作品）更侧重于关注现实，他（它）们与伦理之间的关系不是对立，而是比较和谐的，甚至构成了时代伦理中的一部分。它们通过与政治、文化、经济等联姻，以文学的美的形式，承担着善、爱、恕等伦理责任，化解矛盾，抚慰人心，为社会文化的稳定承担某种伦理的责任。这一点在中国传统文学中尤其突出，因为中国没有严格意义上的宗教，文学就需要承担更多的社会道德责任，伦理色彩也更浓郁，所以在中国文学中，"文以载道"的观念一直影响很大，在今天许多人的心中也依然潜藏着。不过中国的情况并非特例，其他国度和时代的情况虽然不尽一致，但作家作品之间存在人性和伦理追求上的差异的情况确实很普遍的。

在文学生态中，除了人性探索与社会伦理尖锐冲突的极端现象，在更普遍情况下，文学中的人性和伦理之间也常有龃龉和矛盾。从作家层面来说，许多作家都有自己比较明确的人性或伦理追求和创作指向——虽然就大部分作家来说，很难截然将其归为单一的某一类型，但总体而言，基本的倾向是存在的。而如果说作家创作是个体行为，创作旨趣上的差异并不会对作家关系和文学环境构成多大影响，那么，文学批评和文学史就有所不同。正如有学者所说："文学描写社会和人生，始终和伦理道德问题联系在一起，文学批评也是和道德的价值判断结合在一起的"[1]，文学批评和文学史

---

[1] 聂珍钊：《剑桥学术传统与研究方法：从利维斯谈起》，《外国文学研究》2004年第6期。

作为一定价值观念的体现，它们背后蕴含着不同的文学观念和文化态度，以及更复杂的政治、经济背景，它们也必然会包含人性与伦理评判上的分歧和冲突。由于文学批评和文学史是一种理性主导的行为，价值评判的立场会更明确，因此，它不可避免会直接介入到人性与伦理的矛盾之中，并可能会影响到时代的文学生态。所以，检省文学历史，审视如何看待文学中的伦理与人性追求，以及尽可能公正客观地进行文学史评价，是值得认真探究的事情。

在这里，我想以萧红与张爱玲两位作家为例来谈谈自己的思考。之所以选择她们两人，一个重要的原因是她们都属于中国现代文学史上最优秀的女作家之列，但创作方向却是比较典型的在伦理和人性领域各执一端，也都达到了相当高的境界和深度，而文学史对她们的评价也经历了复杂而巨大的变迁，可以说，在其评价背后正体现了伦理和人性在文学中的价值转换。所以，对她们的比较审视应该具有代表意义。

萧红与张爱玲：两个典型的个案

萧红是中国现代文学中作品伦理感色彩比较强烈的作家之一。由于家乡沦陷、异地逃亡的独特经历，她的早期作品较多关注民族国家主题，拥有比较强的民族伦理特征。此后的作品则更多集中在以善和爱为中心的伦理主题，表达出对人（特别是女性、儿童、老人等弱者）的同情和关爱。而张爱玲则可以说是中国现代最着力于人性揭示的作家。她的作品以人性为中心，结合对中国传统文化的反思，探寻人性的复杂和阴暗，特别是对知识女性的心理，表现出特别的犀利和深刻。她所塑造的人物形象，如《金锁记》中的曹七巧，《沉香屑：第一炉香》中的葛薇龙，以及《倾城之恋》中的白流苏等，都以此为特色。

不同的创作追求及特征上的差异，决定了两位作家在不同时期文学中的地位和价值。在"文革"结束之前的几十年间，是伦理批评（而且是狭义的、政治化的）占绝对主流的时期，探索人性的作品毫无例外被贬斥和批判，只有遵循狭义伦理的作品才得到承认。因为民族感情是重要的社会伦理，因此，尽管在某些情况下萧红也受到攻讦，但总体来说，她还是因为爱国主题而得到较多的肯定（除了极端的"文革"时期外）。以《生死场》为代表，萧红被塑造成了一个"爱国女作家"的形象。但张爱玲却远没有这样的幸运。在"人性"被整个社会作为最大"污点"的时代，也因为与政治、文学观念相关的一些时代因素，张爱玲在20世纪80年代中期之前几乎被文学史忽略，甚至被作为"色情作家"和"反动作家"打入另册。

但20世纪80年代中期之后，两人的文学史地位发生了较大迁移。这时候的文学环境有了很大变化，在西方现代思潮的影响下，表现人性的作品受到文学家们的一致推崇，创作界出现了一些大胆探索人性世界的作品，文学史界也开始积极评价那些因为书写人性而被打入冷宫的作品。其中，张爱玲是最为突出的。随着夏志清的《中国现代小说史》引入中国，他所给予张爱玲和《金锁记》的盛誉获得广泛的认同，特别是对张爱玲人性表现上的成就高度称许，使其文学地位显著上升。在近年来几乎所有的文学史著作和著述中，张爱玲不但成为现代文学中成就最突出的女作家，甚至也被誉为新文学历史上最卓越的作家之一。与之相应，萧红的文学地位却日见其低。如果说在20世纪90年代之前，爱和善的伦理特点使萧红在"爱国作家"的光环褪下之后，依然凸显了"人道主义作家"的魅力，能够赢得许多文学青年的心，那么，近年来，文学史界对萧红的评价则基本上以否定为主体，不少学者对其文学价值和文学地位进行了质疑。其中比较重要的理由就是认为其作品与现实太近，太侧重伦理，没有表现出人性之深。[1]

这种情况的出现有相当的合理性。"文革"前狭隘的伦理文学观念是对文学本质的否定，其对人性的完全摒弃更是对文学的极大伤害。在这种背景下，"文革"后文学对人性

---

[1] 参见前文《文学批评与文学史构建中的外在因素影响——以丁玲等文学史评价为中心》。

的关注和认同是一种文学常态的回归，是文学在努力挣脱政治束缚之后艰难的自我独立，对人性书写的重新肯定和积极倡导也是文学发展的自然之举。但是，需要警惕的是事情从一个极端走向另一个极端。在文学回归人性的正常潮流中，也存在着需要思考的现象，就是一切以人性为标准，完全排斥伦理于文学的意义，以及忽略人性类文学的某些缺陷。我以为，文学界对张爱玲与萧红评价极为显著的冷暖变化，就可以看出某些矫枉过正的趋势。她们二人的文学成就固然有别，但并非显著，更重要的是，张爱玲的创作也远非许多人所认为的那样完美，其缺陷同样值得我们重视。

张爱玲的作品确实有其卓异处。她以犀利深刻见长，透彻地烛照人性的幽深和阴暗，再辅以女性作家独特的细致和少见的冷峻，确实是现代女作家中突出的另类，特别是在普遍关注社会、忽略人性揭示的新文学历史中，她的价值不可忽略。而且，在艺术上，她的作品融现代与传统于一炉，在写实、心理和景物描写上都体现了很深的造诣。但是，这并不意味着张爱玲的作品没有缺陷。我以为，至少有以下两点是明显的：其一，也是最突出的，其作品过于表现人性的阴暗，却缺少温情和温暖。她对人性的批判犀利透辟，却缺乏善的光芒和理想精神，部分作品甚至悖逆于一般的民族国家伦理（当然，这一评价并不适合于张爱玲的所有创作，但其绝大多数作品确是如此，而且，正是这类作品最受到文学史界的认可和好评);其二,其作品题材和思维范围都比较狭窄,人性揭示也多集中在婚姻家庭等情感层面上,没有表现出更博大、丰富的精神内涵。此外,张爱玲的某些艺术表现也存在刻意雕琢的痕迹,没有达到自然圆融的境界。这一切,决定了张爱玲虽然优秀,却难称伟大,没有达到文学的最高境界。

反过来说萧红。作为一个英年早逝、创作时间仅仅十余年的作家,萧红的作品当然有其局限,比如说在艺术的磨合上尚不很充分,有略显青涩处。但她有自己显著的个性特色。其一,萧红的作品以情感的真诚、真切而感人。在其作品中可以清晰地看到作家的心灵投射,可以感受到作者强烈的情感关注。它可能不缜密和深邃,却绝不乏艺术感染力。与之相应,其艺术表现上不事雕琢,却能得自然率直之美。其二,也是更重要的,是萧红作品浓郁的人性关怀气息,以及善、爱和美的维护精神。萧红作品以人道主义为基调,传达出作者对现实世界的强烈质疑和批判,以及对理想世界的期盼和渴慕,蕴含着对平等、互助、温情和友爱的强烈向往和追求。

所以,萧红作品确实有缺陷,但说其"浅"则完全是误解。她的作品内涵单纯但绝不浅显,她不着力于人性的复杂和深度,但张扬人性中的善和爱,是与人性深度揭示不一样的文学追求,是对人性的另一种表现方式。将萧红与张爱玲进行比较，我们可以用各有千秋、各擅胜场来形容。她们应该属于同一文学高度的作家。

伦理与人性之间

萧红和张爱玲的创作评价虽然只是个案，但是，在其背后却包含着很值得我们进一步思考的内容，也就是说，文学中的伦理和人性冲突，以及由此涉及的对作家作品的评价问题，不只是体现在她们二人身上，而是更普遍地存在（比较典型如对"十七年文学"和路遥等作家的评价，包括所谓的"《平凡的世界》现象"等），因此，对其涉及的理论问题，很值得深入探索。具体说，有两个问题是最值得思考的：

问题之一，究竟如何判别人性与伦理类文学作品价值之高下，是否揭示人性的作品就一定比表现伦理情感的作品更优秀？

对于两类作品的价值判断，一些人可能会认同前者，但在我看来，答案也许不是简单而是复杂的。首先，文学中人性和伦理表现之间的关系不是对立，而是可以（或者说应该）共存和互补的——也就是说，以揭示人性为中心的作品需要承担一定的社会伦理责任，以表现伦理为中心的作品也要深入到人性世界。事实上，很多优秀的作家既致力于社会伦理表现，又同时揭示了深刻的人性。甚至可以说，大部分优秀的作家作品在这两方面都有兼顾，达到相互的交融。比如俄国大作家托尔斯泰，他的《安娜·卡列尼娜》《复活》等作品有非常深切的伦理关怀，对民族国家、战争和平以及家庭、宗教等多方面的社会伦理进行了广泛而深入的思考，但同时，这些作品也抵达了人性深处，其伦理思想与人性探究很难截然分开；再如美国的福克纳，他的《喧哗与骚动》以展示人性的丰富和复杂见长，但同样对种族、家庭等社会伦理有深刻的思考，他的《熊》等作品更对人与自然的伦理关系进行了非常深邃的探究。其次，伦理与人性类作品的价值高下也不能做简单的判别。客观说，人性探索的文学往往走在时代文学的前面，对人的震撼力更大，思想内涵也往往会更深刻。相比之下，侧重伦理的文学作品可能在思想震撼力上稍弱一些，它的价值魅力在思想之余还较多依靠情感的力量，依靠作家在作品中传达出的强烈道德感染力，真诚和向善的精神。两类作品的特点和魅力不一样，但可以相通，也都可以抵达文学的顶峰。比如，陀思妥耶夫斯基的作品致力于人性揭示，思想内涵确实非常深邃，但优秀的伦理关怀并非不能抵达思想和情感的深处。比如卡夫卡的作品，以深刻的伦理关怀见长，其对人类生存的困境，特别是对高度发达的官僚和物质制度下人的困境做了特别深切的揭示，这种关怀的深切以及所蕴含的悲悯和忧患情怀，足以使这些作品超越时代和国度的限制，成为跨越时空的经典，卡夫卡也因此成为20世纪最优秀的作家。所以，在我们的文学评价中，当然应该重视对人性深度揭示的作品，特别是由于受到过多的限制，人性探索作品严重匮乏的当代中国，但是，却也不可将人性内涵作为评价文学的唯一目标和标准，不能简单将人性标准凌驾于伦理标准之上。

事实上，值得我们大家注意的是，中国现当代文学既缺乏深度人性书写，同样也匮乏具有优秀伦理关怀的作品。长期以来，过于强烈的政治伦理严重挤压，也深重地伤害了正常的伦理表达，其受伤害的程度较之人性书写虽然略有差别，但实质是一样的。当代学者陆建德借纪念契诃夫表达出这样的期待："我心里深深地渴望，当代的中国文学中有人能够像契诃夫这样，写出来的绝对不是简单的心灵鸡汤，而是对善良有着一种深深的同情和体验，把充满着矛盾纠结的心情以及他对善良的复杂关怀，通过天才的戏剧家的笔法呈现出来。"[1]这在一定程度上正是对中国文学伦理书写匮乏的警醒。我们在重视人性探索的同时，同样应该鼓励作家在伦理书写上有大胆的创新和突破，创作出真正有深广伦理关怀的作品。

问题之二，文学的人性和伦理书写是否都有一定的标准

---

[1] 何晶：《理解契诃夫，就是理解日常生活中的我们》，《文学报》2015年1月29日。

需要遵循，是否存在各自的限度？

我以为应该有。文学可以选择主要探寻人性，也可以选择主要关注社会伦理，但它们应该遵循一定的标准和原则。是否很好地遵循了这些原则，直接关系到作家的成就，也关联到对作家创作的评价。所以，对于文学来说，选择表现人性还是伦理也许不是最主要的，最关键是表现得如何，是否遵循了必要的度。

从伦理方面说，文学绝不能将自己的脚步停留在单纯伦理层面，而是要与人性的探索以及独立思考精神结合起来，体现出文学的独特个性。如果放弃自己的独立精神，一味迎合社会的主流伦理和感情，就会不可避免地走向平庸，从而丧失文学的独立存在价值。其中，需要特别提出单一政治伦理对文学的危害。不能说政治伦理没有一定的合理性，但由于它往往裹挟着权力前行，内涵狭隘而具有暴力排他性，因此，对于政治伦理，文学应该保持必要的警惕，否则很容易堕入为其奴仆的格局。另外，作为一种理性色彩更强的文学活动，文学批评有着自己更突出的伦理要求。一方面，批评家一定要有自己的伦理立场，以独立的价值观对作家、作品和文学现象进行批评，而不是一味地做文学的"表扬家"，无原则地四处说好话，更不应该背弃文学的原则和标准，成为某些权力或金钱的工具；但是另一方面，也不能将文学批评误作为社会伦理批评，以道德批判来代替对文学价值的思考。包括文学批评家的批评态度，应该是平等的、与人为善的，不能将自己高居为道德法庭的审判者。此外，对文学作品的伦理批评，立场也应该多元和宽容，摒弃狭隘和单一。

同样，文学对人性进行揭示，也需要遵循一定的范围，不能无所节制。文学既要有独立超越世俗伦理的精神、个性，要探寻日常生活背后的灵魂战栗，但也要顾及文学对社会影响力，对世俗伦理的必要尊重。比如，文学不能违背伦理限制，不能以高高在上的上帝的口吻和方式来窥探人的心灵，为了人性揭示而不择手段——就像新闻有其伦理一样，文学也有自己的伦理。比如有个问题被一些人认为可以彻底测试人性的底线，即"给你多少钱，你会拒绝堕落？"。其实，正如有伦理学家已经揭示过的，这个问题貌似深刻，却是个伪问题，因为它缺乏对人的尊重和平等的前提，违背了人与人之间关系的基本伦理。再比如，文学对人性的揭示也有底线。人性探险性的、突破式的书写固然有意义，但不是永无止境。比如性，是人性的重要内容，非常值得探索，但是在书写性的时候应该防止过度渲染，不能将性无节制地展示，否则就可能构成对社会伦理的伤害。这中间的界限当然不是一目了然，而是模糊的，关键看它是为了善和美的目的，是以美和善的方式，还是为了其他目的，对性进行渲染。这一点，在商业文化占统治地位的当下中国尤为重要，稍有不慎，这样的文学作品就可能被商业文化利用，沦落为色情文学或替代品（20世纪末的女性主义文学潮流就是典型例子），对社会伦理造成伤害。

此外，这中间还存在一个如何看待人性的问题，即人性究竟是以生物性为主导还是以文明性为主导？是以回归生物性为最高原则还是应该保持人的文明属性？因为人本身是很复杂的，既有文明滋养下的社会性，也保留一定的动物性。或者说既有积极的、阳光的一面，也有阴暗的一面，关键看作家如何看待，从什么角度来看待。一些作品，将回归动物性的人性作为最高指向，将完全生物化的人性展示作为人性揭示的目标，其实不一定合适。自然的生物性和社会的文明性共同构成现代人的属性，二者不可截然分割，也不应该片面渲染某一端。单纯的生物性人或单纯的社会性人都不是正常的存在，过于机械和成熟的文明会对人性构成压抑和窒息，但没有文明的社会也不是正常的人类社会。用一个比喻说，文明是人类的衣裳，穿多了会太热，但完全追求裸体的自由和轻松，也势必影响身心的健康。从根本上说，文学应该表现出人类的理想，它的指向是光明而不是黑暗，是给人信心而不是让人绝望。所以，诺贝尔文学奖以"理想倾向"作为评选的重要要求，是很有道理的。

最后，我想以《红楼梦》与《金瓶梅》的比较来归结我的观点——不少学者狂热地推崇《金瓶梅》而贬低《红楼梦》，从多个方面指出前者的优越和后者的不足，特别是认为《金瓶梅》揭示的人性更彻底、更深刻,因此价值更高。但我以为,文学不像外科手术,以将人体解剖得越细致、纤毫毕露为最好,文学不是以人性的深度为唯一标准(事实上,即使从人性深度说,也并不能说《红楼梦》逊色于《金瓶梅》),文学还需要爱和温情,需要社会伦理。匮乏了爱和温情,人性揭示再深入也不可能达到文学的高峰——正是在这方面的严重匮乏,《金瓶梅》与《红楼梦》之间有着永远也无法跨越的遥远距离。

下　辑

鲁迅《阿Q正传》：
阿Q为什么是农民？

《阿Q正传》中被作为"国民性"代表的阿Q为什么是农民，而不是城市小市民、知识分子、官僚或其他阶层的人？这个问题，貌似简单，甚至荒唐，但其背后其实蕴含着深刻的文化背景。

从纯文学角度来分析是难以找出答案的。作为一种艺术创作，作品是作者鲁迅的个人精神产物，它是作者建立在个人生活经验基础上的一次艺术加工。无论是阿Q人物形象的塑造还是围绕阿Q的生活场景的描写，都可以说是艺术家心灵的外化，是文学艺术的自在产物。艺术显然不是寻根究底的理由。

答案只能在文学之外。应该说，在《阿Q正传》产生的时代，文学还没有真正的自律，作者的文学创作也不是为单纯的文学目的。在"阿Q"形象的创作者和接受者眼里，文学都应该是中国现代思想文化运动——新文化运动中重要的一部分。鲁迅是一位文学家，同时更是这一文化运动的主将，是一位"听将令"者。他在创作这个作品之时也很自然地带上了强烈的意识形态性，带有用来实现其以文学运作文化批判的强烈意图。所以分析作者创作《阿Q正传》时的文化态度和文化立场，无疑是了解阿Q身份命名的一条更重要的途径。

在这个意义上看，作品无疑可以看作是五四启蒙运动（甚至也可以说是整个中国近代启蒙运动）的直接成果。在从19世纪下半叶开始的中国思想文化运动中，知识分子始终关注社会大众的力量，以新的观念——这些观念包括反满、立宪、革命等，它们种类众多，相互之间差异很大甚至对立——启蒙大众，以他们的力量来实现或者是推翻清朝或是维护皇权或是建立新政府的种种目的，是知识分子们的集体意图。尤其是在辛亥革命失败以后，知识分子的这一意图更加明显，愿望也更加强烈。五四运动的主将陈独秀、鲁迅等在辛亥革命前后都经历了由"革命"到"文化"的思想变迁，鲁迅由颓唐到"呐喊"的心灵过程可以看作是这一意图结果的具体体现。《阿Q正传》作为作者鲁迅"听将令"的产物，所表现的思想自然也在其中。"哀其不幸怒其不争"

的说法，正反映了作者急切的功利心态——换句话说，作品正是作者所用来"唤醒铁屋子中的人"的有力武器，阿Q所代表的农民正是那些"沉睡在铁屋子"中的人，是作者所代表的知识分子进行启蒙的主要对象。于是，阿Q被命名为农民身份似乎也就成为合乎情理的事情了。

但是单纯的"启蒙"并不能成为阿Q身份命名的完全理由。因为中国的启蒙运动，并不单纯是（甚至主要不是）针对农民的启蒙，至少在五四以前的启蒙运动中，启蒙的主体还是针对知识分子自身的启蒙。无论是梁启超的"新民"，还是陈独秀的"敬告青年"，所召唤的对象都主要是知识分子们——因为任何人都知道，在中国这样一个文化权力被严重限制和集中的地方，知识分子不首先觉醒，要唤醒普通大众是绝不可能的事情。事实上没有知识分子这一媒介，农民们根本听不到（也听不懂）启蒙者的声音——并且在中国社会中究竟谁是最典型的"国民性"思想体现者，也是难有定论之事。所以在《阿Q正传》问世之前的中国启蒙运动中，虽然也有对农民觉醒进行号召的声音（如李大钊的《青年与农民》），仍不乏知识分子对农民表示期待中的鄙视［如陈独秀就曾说过："群众心理都是盲目的，无论怎样大的科学家，一旦置身群众便失了理性。"（《再答区声白书》，《新青年》第9卷第4号，1921年8月）］。但是，真正系统而全面地把农民形象定位为启蒙的主要对象，把农民作为民族精神的落后、愚昧和自甘屈辱的代表来表现，同时又以一种明显的距离感和优越感来彰示出知识分子在启蒙中的优越和启蒙指导者地位，还是从"五四"时代开始的（虽然它与之前对待农民大众的态度有着内在的关联），而《阿Q正传》是这种思想的最早表现（尤其是就其影响意义来说）。在这个意义上，阿Q的命名实质上在一定程度上体现了中国启蒙史上的一次重要的文化转型，即中国知识分子由以往自我启蒙为主体的方式转移到以作为启蒙指导者对他人启蒙——农民是这一启蒙的主要承受者——的转型，它在"五四"中开始，延续了漫长的整个20世纪历史。由于种种原因，这一文化转型往往为人所忽略，但实质上它对中国文化的发展影响深远。

在这一转型中，知识分子还继续强调启蒙，但他们的启蒙对象已不再是自我，而是完全转移到了下层社会大众。知识分子在启蒙运动中的定位，不再是一个自己也需要启蒙的角色，而是自居为一个启蒙先觉者，以指导者的身份对大众进行启蒙指导——应该说，知识分子对其他阶层的启蒙在"五四"前就已出现，我们也不否认这一启蒙应该成为启蒙运动中的一个部分。但是，知识分子在自我启蒙远未完成的前提下，以对他人的启蒙来取代对自我的启蒙，无疑是一种逃避与放弃。

这一转型的产生，最根本的原因是在启蒙者们的精神上。启蒙者们自我信心和韧性的匮乏，是导致他们放弃自我启蒙，并将启蒙的对象进行内在转移的根本原因。他们放弃自我启蒙而急切地将启蒙对象转移到其他人身上去，正是因为他们对自己的力量已经不自信了，他们迫切地希望借其他阶层的力量来卸除自己肩上的责任，借启蒙指导者的身份来掩盖自己精神上的内在虚弱。它与同时代更多知识分子对农民文化的膜拜有着内在的精神同质（事实上许多知识分子同时兼有这两者的身份）——可以说，启蒙的转型体现了中国启蒙者们的精神弱点，是启蒙发展的必然结果。《阿Q正传》的问世不过适逢其会罢了。

启蒙转型之后，知识分子堂而皇之地放弃了曾经对自我的磨砺和文化建设，他们俨然以民族的先觉者和大众引导者自居于社会舞台上俯察与指导着大众——当然我们并不排除单个的知识分子对自我启蒙的继续和艰难的奉献，但是就整体而言，知识分子已经基本上放弃了这一方向，而少有的个人文化建设在时代的暴风骤雨下也逐渐被打得粉碎，以依附和丧失自我主体为特征的知识分子形象却占据了文化的主体，最终汇入到"被启蒙"的文化大潮中。

所以，启蒙运动的重心转移表示着中国知识分子自我启蒙的中断，也实质意味着中国启蒙运动的中止。"五四"之后，启蒙运动貌似在继续，实质上却是知识分子的屈辱和精神倒退史。中止了自我文化建设，他们已承担不了真正的启蒙任务（或许这正是他们所希望逃避的）。在对大众的启蒙方面，尽管知识分子们始终以启蒙指导者的身份自居，却没有得到被启蒙者相应的反应，相反，大众对他们的反感愈烈，他们与大众间的距离愈远。在自我精神方面，知识分子更是日渐萎缩。在"五四"以后中国社会的历史中，在种种政治的、经济的挤压中，知识分子没有表现出独特的精神力量和清醒的思辨能力，没有以其独立的精神姿态和思想立场成为大众的楷模和精神引导者，相反，他们以软弱、卑微的形象混迹于大众。反右、"文革"和当下众多知识分子的精致利己，是中国知识分子精神危机突出而典型的表征，也是中国知识分子自我启蒙中断的必然后果。

后来的批评家们在评判中国这段历史时，都称之为中国知识分子的悲剧史，或称之为"启蒙与被启蒙的错位"。其实，启蒙的被错位，除了外在的政治因素，自我主体软弱无力的知识分子，无疑也应该承担一定的责任。究其根本原因，是在于知识分子思想发展的终结乃至倒退。在这一历史中，知识分子也未尝不应该承担自己的一部分责任，我们在为知识分子的惨痛历史抱屈诉苦的同时，在将中国社会落后的责任往农民们身上推的时候，是不是也应该对知识分子本身提出一些质疑，供他们自己反思与咀嚼呢？尤其是，在当代社会中，知识分子是否有自我重新启蒙的自觉、信心和勇气呢？

当然我所理解的《阿Q正传》人物命名的意义也许超越了作者和作品本身，它更多是体现在社会对它的接受和传播过程中的。因为，作品首先是鲁迅个人经验和虚构的产物，它从根本上是一种文学艺术产品。同时，结合鲁迅的整个创作历史来看，鲁迅个人并不是时代精神的典型体现者。他在《孤独者》《在酒楼上》《伤逝》等更多作品中，都体现出了知识分子的自我的批判和启蒙意识，对知识分子进行再度自我启蒙的必要性问题亦做了深刻的警示和要求。他的自我力量，对《阿Q正传》的命名内涵，表示了一定的超越和背叛。

但是，《阿Q正传》是"五四"时代精神的集中体现，就鲁迅个人来说也未尝没有体现出这一文化的影响印记。他在《阿Q正传》创作之前和之后创作的《药》《头发的故事》等作品都真实反映了知识分子内心的软弱和迫切地寻求精神依靠的愿望，并在《故乡》等作品中表示出自己深切的彷徨心态。在创作《阿Q正传》的这一年中，他另外只写了充满"寻路"困惑的《故乡》一篇作品，此外就是整理了《嵇康集》这一"国故"。这证明，《阿Q正传》确实一定程度上体现了作者与时代文化氛围的内在契合处。

并且，更主要的是，作品的社会意义是不会以作者的思想意志为转移的，作品的社会效应显然超出了作者和作品的本身范围，甚至可以说构成了中国现代思想文化的一个影响深远的传统。《阿Q正传》在问世后受到知识分子的广泛认同，其主题在作家们笔下被反复书写，以致早已成为中国现代文学史的一个突出的"母题"（在"乡土小说"的写作史上更是如此），这些，都证明了《阿Q正传》所表现的启蒙转移思想正契合了当时乃至此后知识分子的集体心态。在一定程度上，《阿Q正传》是对于中国20世纪知识分子心态的一个典型反映，也是中国知识分子精神缺陷的一个真实写照。

所以，有时候我想，如果当初鲁迅将阿Q的身份定位为一个知识分子是否会好些，至少，它阻止了知识分子的后退和苟且之路，使之不得不前行，不得不面对真实而不无丑陋的自我和社会，从而对之进行大胆的否弃和批判，这样，就可能会促进知识分子自我的蜕变与创新。这样，或许能使中国的知识分子建设和中国文化发展走入另一重境界，进入另一番天地？

鲁迅《秋夜》：
文本法之于鲁迅作品教学与研究

鲁迅的《秋夜》是鲁迅最难懂的散文诗集《野草》中的篇章，长期以来学术界对它的主题和寓意一直存在着很大的争议。教学中，笔者发现用现代文学研究界习用的方法，即将作品与其时代背景、与其政治思想的寓意结合起来，努力去挖掘"秋夜"背后的象征内涵，学生们并不感兴趣，对其寓意的挖掘也很难深入。于是，笔者尝试运用另外一种方法，就是在完全忽略作品背景的前提下让学生去独立阅读作品，然后再由学生阐释自己对作品的直接感受，对学生的启发也限定于这一角度。对此方式，学生们表现得很积极，并对作品的文本意义提出了自己的种种理解。从思维方式看，同学们的这些理解都限定在纯文本角度，与对鲁迅作品的传统解释方式有很大差别,但很有启迪意义。

同学们最强调的是作品的意境美。在他们的理解中,作品展现的"秋夜"图景,精彩细腻,具有很强的写实性,又非常清晰而明确。秋天夜晚的景致,精细美丽而准确贴切,显现出深远的意境美。同时,它又特别深沉含蓄,藏有令人回味的艺术韵味。枣树、小花草、天空、露水、鸟,以及小青虫和孤独而勇于自剖的"我"……一系列典型的意象构成了一幅完美的画面。而且相互间形成着复杂而有机的密切关系,既使人感受到真正秋天的意味,又令人浮想联翩,不由自主地要去探索其背后的象征意义。

作品的语言,也是同学们感受很深的一个艺术特征。《秋夜》运用的是典型的鲁迅语言,简洁清晰却又内蕴深沉,每一句话背后都蕴含着更深的底蕴。尤其是作品开头的"在我家的后园有两株树。一株是枣树,还有一株也是枣树",貌似突兀啰唆,实则是对于汉语语言运用的一次拓展。它以重复延缓了叙述,却突出了物体和整个世界的孤独与韧性。如果联系后文对枣树的形象塑造来看,这一优点体现得更为突出。此外,作品对于小青虫和小花草等的细致描写,更是巧妙真切又耐人寻味,充分体现了现代汉语的深远魅力。

当然,同学们也没有忘记作品丰富的象征意义,但是,他们不是从时代和作家个人生活上去探寻其不可知的寓意,而是就其文本关系进行思考，其结果同样令人深思。同学们理解《秋夜》的内涵是更广泛意义上的，秋夜景物之间展示的斗争和和谐、现实和梦想、孤独和韧性的复杂关系，是超越现实的深层生命世界写照，它可以寓指现实，更可以寓指其他层面的世界。尤其是"我"的进入秋夜世界，使作品富有了更强和更深邃的动感和深度。"我"是谁？我们既可以把他看作是作者，更可以把他看作是"秋夜"世界中不可缺少的一分子，是"秋夜"中的孤独者和反抗者——对于广泛的生命世界来说，孤独和反抗绝对不只是存在于现实阶级世界，它存在于从宇宙到心灵的每一个角落。"我"的难以捉摸的"笑声"，既是对于被反抗者虚弱实质的揭露，也是对于反抗者不可能真正取得成功的人类命运的悲哀和自嘲——正如他对待小青虫的态度，他怜惜其勇猛，但同时也意识到其行为的虚无。当然，我们也完全可以说"我"这一意象也确实体现了作者鲁迅"反抗绝望"的思想内涵，但在作品这个独立的文本世界里，拥有着更丰富的解读空间，它既体现了作者和时代精神，又不局限于作者和时代。

经过同学们的阐释，《秋夜》的时代背景虽然处于完全被遮蔽状态，但它的文本意义却被充分地凸显了出来，也被完全地证明是一篇非常优美的散文，足以成为现代文学的经典作品。它不只是现代文学史上散文诗的拓荒者之一，更是一首超越时代的精致优美、意蕴深沉的抒情诗。而且，在经过自己的阐释之后，同学们普遍表示了对作品特别的喜爱——而在这之前，同学们普遍反映的是鲁迅作品晦涩难懂，也难以喜欢。由此，笔者很自然地想到当前整个现代文学界对鲁迅的理解和研究问题。

一般而言，对于文学作品的阅读和研究，大体有两种基本方式。其一是还原法，即将作品还原入其原生环境中，力图从文本产生的创作主体情况和时代文化背景中去挖掘作者创作的原意，探寻作品对现实的隐喻与针砭意义。其二是文本法，即把文学作品看作是一个孤立的、自足的文本系统，剔除其与时代、作者等的一切有关问题，以纯粹文本意义来品评作品。比较而言，前者更侧重社会学意义，后者更注重美学意蕴。应该说，这两种方法各有特点，互相促进。在批评史上也曾各领风骚，互有轩轾。

具体到作家作品的研究操作，两种方式具有不同的时段特点。一般而言，在作品产生的当时或稍后，人们比较习惯采用第一种方法，主要从现实意义层面去分析理解作品，那些现实意义比较突出的作品往往会受到更多的重视，得到更高的评价。而在作品产生一定时间以后，尤其是在它面临着成为经典的选择过程中，第二种方法就用得更多些。因为人们对文学经典的认定和淘洗，往往是一个新的选择，其主要是建立在纯文本意义上的。在经历了一定时间历史的冲刷之后，文学作品所产生的时代背景渐渐遥远，它所曾经具有的时代性意义渐渐脱落，人们更关注的是作品的文本意义，是对于文本中技巧的评判、美和善的喜爱。一般而言，只有凭借其突出的文本意义，文学作品才能够超越时代、民族、阶级的局限，跨越时空成就文学史上的经典。

人们对已经成为经典的作品的阅读和欣赏，也主要是在文本的意义上进行的。在"一千个读者有一千个哈姆雷特"的巨大阅读空间中，在脱离了具体语境的时间之流中，当初被同时代研究者反复探究的作者创作时的初衷，以及它当初所隐含的政治或时代寓意等，在后人进行阅读的时候很少有人会再去考虑。而在作品产生当时很引人注意的还原法，这时候也渐渐失去了当初的效应，局限性开始显示出来。因为作为文本意义上的文学，其潜在的丰富解读性与单一的历史还原是相对立的，其以不确定性为特点的美学意蕴与还原法的明确性也构成着矛盾。最典型如人们对《红楼梦》的研究，在篇帙浩繁的"红学"研究中，作品研究逐渐扩展为作家乃至作家家人生活研究，还原研究达到了顶峰。然而，通过这些研究，作品的意义不但没有日趋鲜明，反而变得越来越遥远。其实，随着时间的推移，作品的原始意义问题也许本来就是不可解的，也是不需要解的。有谁会因为对《红楼梦》的原始寓意不明确而放弃阅读和欣赏《红楼梦》呢，有谁会那么在意《红楼梦》的作者曹雪芹祖父的生活情况呢?[1]说到底,人们希望从文学作品中读到和欣赏到的并不是作者作品的原始含义(这一点与历史不同。而即使在历史学界,也早已有人提出了"一切历史都是当代史"的主张,对拘泥于考证细节而忽略探询意义的史学观表示了异议),而主要是从文本的优美深沉延伸到对生命对自然的感触,在思想或情感上形成共鸣,体会永恒的语言或故事的美。这就是为什么作者佚名、背景含糊的《诗经》能几千年来长盛不衰,李商隐《无题》之原义虽成永恒之谜却魅力依然的根本原因。

在鲁迅作品的研究史上,曾出现了不少对鲁迅作品进行文本和美学意义研究的成果,像《孔乙己》《祝福》《在酒楼上》等作品的复杂主题和叙述技巧,就是在这些研究中得到彰显的。但是,总体而言,由于政治和文化等原因的影响,还原研究一直是鲁迅研究界的中心方法。人们在对鲁迅进行文化与革命意义理解的同时,对其文学作品的研究,也侧重于对其现实文化与政治意义的探究,人们关注的,主要是他的文学作品与现实、与作家生活世界之间的密切关系。这一方法并非没有意义。还原研究者们通过辨明历史,挖掘出作者创作作品的最初动因及其与时代现实间的联系,对于我们深入地认识鲁迅,认识20世纪中国社会乃至整个中国

---

[1] 何永康:《回到〈红楼梦〉》,《南京师大学报》2002年第4期,第117—123页。

文化，都是很有价值的行为。同时，它也是深入理解鲁迅文本意义的一个基础。一直到现在，它都没有完全失去存在的意义。

但是，这两种研究的强烈不平衡局面已经严重影响到鲁迅研究的深入和健康发展。在某一段时期的各种鲁迅研究和论述中，所充斥的完全是对其现实隐喻意义的追寻，作品的文本意义被置于绝对的边缘。其极端者，更是走入到"猜字谜"的死胡同，将文学等同于历史，将人物等同于作者，以主观臆测的方式对文本进行自说自话的曲解。例如《秋夜》，在一些研究者的笔下，就一直是像猜谜一样，对作品中的"夜游的恶鸟""小粉红花"等做各种象征的臆测，有人更是堕入了像"旧红学"一样的影射研究（如从《秋夜》中去挖掘鲁迅的性爱困惑和爱情故事等[1]），严重地脱离了文本的美学意义。

在片面追求鲁迅作品现实意义的研究中，鲁迅作品的价值和意义更多被局限在其文化和社会层面上，其美学意义被忽略和轻视。像对鲁迅经典性的认定，也多是在现实文化意义上进行的，不是真正文学意义上的经典（如《阿Q正传》的经典性，就主要是以文化意义上的经典意味完全取代了其文学意味[2]）。而

---

[1] 李天明：《难以直说的苦衷》，人民文学出版社，2000年。
[2] 贺仲明：《阿Q是不是农民？》，《书与人》2001年第6期，第98—102页。

在中学和大学的课堂上,在各种对鲁迅作品的诠释中,也基本上都是从社会文化意义、历史还原角度来进行的。这种阅读和研究方式,只强调了文化和现实却忽略了文学本身,使鲁迅作品中所体现出的新文学的优秀传统没有得到真正的发掘,甚至构成了对文学作品本身的内在伤害。

比如部分青年作家对鲁迅的攻击和责难,就与这种研究和教学方式的后果有紧密联系。笔者是不赞成对鲁迅进行轻薄的否定的,无论从思想还是文学角度来说,鲁迅在中国现代文学史上的地位都无可动摇。但是,我们却不应该忽视这一情况出现的原因。正是因为以往鲁迅研究所受到的政治化影响,正是因为我们在以往对鲁迅的解读中,忽视了文学意义上的和超越时代政治社会意义的鲁迅,忽略了对其文学魅力、文本价值的展示和研究(相反是遮蔽和冷落),使文学史上原本含义丰富、艺术魅力斐然的鲁迅,只留下了一个历史学和社会学意义上的形象。这样单一而狭窄的鲁迅形象,在日趋回归文学本体的当代文学潮流中受到抵制是必然的。青年作家们的偏激行为应该受到批评,但它更值得引起我们鲁迅研究者们深思。

在当代大学生中普遍出现的"读不懂鲁迅"的抱怨,同样与以往对鲁迅作品的教学方法存在缺陷有直接关系。因为在我们几乎所有的鲁迅作品参考书和鲁迅作品分析课堂中,只有力求还原其社会学意义的鲁迅,鲁迅的文学作品所得到的也只有文化还原和各种主观的、使人越来越糊涂的意图猜测，却没有对文本美的细致解读。这些，显然是会使希望在鲁迅文学作品中寻找美和欣赏美的大学生失望的。此外，虽然鲁迅作品的思想对于今天社会仍然有很强的现实意义，但是这种对于鲁迅思想和时代的认识，首先应该建立在美学认同的基础上，在对美的感悟中体会作者的深邃思想。否则，要大学生们去枯燥地理解和记忆早已消失了的时代中的社会学意义上的鲁迅，也确实太难了。

鲁迅研究的重心正面临着一个时代性的转移，对于鲁迅文学作品的教学方式也需要大的转变。中国现代文学的历史越来越漫长，我们的时代距离鲁迅也越来越遥远，从文学本体意义上建立现代文学的经典，树立文本的典范性已势在必行。这种文本研究既是对于中国现代文学成就的肯定，是对于中国现代文学传统的建构，也是对于当前文学发展和研究方向的引导。[1]说到底，鲁迅的文学作品并不是缺乏文本意义，而是我们缺乏研究，缺乏发现。虽然笔者在教学中重点试验的仅是《秋夜》一篇作品，但我相信，其意义绝不只限于此。

---

[1] 从人们对社会学意义大过文学意义的矛盾的否定和冷漠态度就可以看出认识文本意义上的鲁迅的重要性。

废名《竹林的故事》：
自然生命观下的美与悲

作为废名的早期成名作，《竹林的故事》受到过许多批评家和文学史家们的关注。然而对这一作品的阐释还存在着一定的空间。大体而言，人们以往论析《竹林的故事》主要侧重于两个方面：一是田园美和诗意美。从象征和审美角度入手，将它理解为"人物和清新的乡村自然景物构成对应的关系，河边竹林的葱绿仿佛有意设置的富于诗情的象征境界，为主人公三姑娘纯净美好的性格作衬托"[1]；二是对现实社会的反映。强调它的写实功能，指出它"以真挚、友好的感情，赞美一个纯洁优雅、生气勃勃的乡村劳动少女，从

---

[1] 钱理群、温儒敏、吴福辉：《中国现代文学三十年》，北京大学出版社1998年版，第62页。

而成为初期新文学最富有诗情和青春气息的作品之一"，是一篇充满"青春气象"的"牧歌"。[1]这些分析尽管指出了《竹林的故事》的某些重要特征，但我以为，它们还没有把握到作品最根本的思想基调，甚至还存在着某些误读。我以为，《竹林的故事》所主要传达的是一种自然的生命观，它主要通过美和悲的形式表现出来。

一

《竹林的故事》的美是每个读者都会深切感受的特征，或者说，美是作品最直接和最明确的外在面貌。

具体来说，美首先表现为大自然的风景。作品没有对景物进行细描，景物也丝毫不显华丽绚烂，只是清淡如水，只有与日常生活完全融为一体的生存景观。但是，在这些景物中融会了一种清新自然的生命形态，是生命自然而宁静生活本质的真实体现。它对我们的心灵构成一种自然的召唤，使我们不由自主地被其美的意境所感染，在精神上远离现代都市生活的喧嚣，回归到朴素自然的生命情态。因此，这种美的自然蕴涵有独特的美感，远远超越了那种现代快餐式的、旅游气息浓郁的风景描写。

---

[1] 杨义：《中国现代小说史》，人民文学出版社1998年版，第454页。

这是作品的一段景物描写：

> 河里没有水，平沙一片，现得这坝从远处看来是蜿蜒着一条蛇，站在上面的人，更小到同一点黑子了。由这里望过去，半圆形的城门，也低斜得快要同地面合成了一起；木桥俨然是画中见过的，而往来蠕动都在沙滩；在坝上分明数得清楚，及至到了沙滩，一转眼就失了心目中的标记，只觉得一簇簇的仿佛是远山上的树林罢了。

这里的景物，如同自然界的一棵柔弱小草，普通得不能再普通，简单得不能再简单，但它展现的是真实质朴的生命形态，能够触动我们心灵深处对自然淳朴生命状态的向往，使我们回到记忆中的乡村生活和乡村自然，是文化内涵与真实自然的结合。

美的情感和美的人物也是作品美的特征的重要表现。作品中表现出的所有感情都是美的，或者说是美与善的结合。如"我们"与老程一家的交往，如三姑娘与她父亲和母亲的相互眷恋，都充满着友善和亲情。作品没有对这些情感刻意渲染，甚至是有意地予以淡化，这使作品中的情感表现丝毫没有那种浓得化不开的热烈，而是含蓄内敛，恬淡悠远，但这种情感表现正是中国人传统情感表达方式的真实反映，因此，作品中人与人之间的感情既朴素自然又真诚深切，是真情的自然流露。

在作品中,最能体现出美的特质的,当然是三姑娘。作品虽然没有直接描绘其面貌形象,只是写了她淡雅朴素的服饰:

> 穿的是竹布单衣,颜色淡得同月色一般——这自然是旧的了,然而倘若是新的,怕没有这样合式,不过这也不能够说定,因为我们从没有看见三姑娘穿过新衣;总之三姑娘是好看罢了。

但给人的想象,却是典型的恬淡素雅,与整个作品大自然的清新自然融为一体,成为自然中的一部分。而且,三姑娘还具有同样突出而令人难忘的心灵美。她性格平和,充满良善之心,有孝顺和谐的美德品行。从外到内,从外貌到心灵,三姑娘呈现出了充分的美的特质,既与自然美相互映衬,也成为作品美的集中典型。

最后,是作品优美的艺术美。这一点,学者们已经论之最多,这里不再赘述。简洁地说,一方面是作品将抒情不着痕迹地蕴涵于叙事和景物中,使自然的流变与深沉的情感融为一体,形成了独特的客观抒情小说风格;另一方面,作品的风格淡雅,意蕴含蓄,如同中国的山水画,体现了独特的艺术美。

美是《竹林的故事》最显著的特征，但是，它表达的并不是欢快热闹的"牧歌式的青春气象"，而是人生的悲凉感。作品中优美的自然情境，恬静与和善的生活品质，以及自然朴素的人际关系，构成了宁静自然的生命世界。但是，这并不足以使之充满喜悦和轻松，而是相反，整个世界笼罩在巨大的生命无常的认识中。其中当然有达观，有留恋，但更是人对世界的无可把握，人在世界面前的微弱和无助。正如周作人对废名作品的评述："好像是在黄昏天气，在这时候朦胧暮色之中一切生物无生物都消失在里面，都觉得互相亲近，互相和解。在这一点上废名君的隐逸性似乎是很占了势力。"[1]《竹林的故事》所展现的世界中笼罩着一种淡淡的哀愁和悲悯。作品的篇幅很短，却是一开始就显现了死亡的阴影（在三姑娘出生之前，她父母就夭折了两个女儿），这既显示了生命的脆弱和生存之不易，也赋予了整个作品悲愁的色彩。之后果然，很快就出现了更直接的死亡——三姑娘父亲老程的死。对于幼小的三姑娘来说，这无疑是给她的人生笼罩上了悲苦。她此后的性格、人生道路都与这次死亡事件密不可分。作品最后虽然写了故人相遇，却是毫无故人相见的喜悦，"我"因此采取了故意回避的态度，使故人成为路人。

---

[1] 周作人：《〈桃园〉跋》，《桃园》，北新书局1929年版，收入《废名研究资料》，海峡文艺出版社1990年版，第185页。

可以说，作品中的哀愁，虽不强烈，却沦肌浃髓，贯注于整篇作品。它与作品美的特质融合在一起，共同传达出一种特别的悲凉感。如同是说生命是美的，却也是短暂的、易逝的。它虽然值得留恋和记忆，却始终有巨大的生命的网笼罩着，凝结着生命的悲苦。

二

美与悲是《竹林的故事》两个重要而显著的质素，但是，它们都还不足以构成作品最根本的思想主题。它们都统一于自然之下，共同承担着以自然为中心的生命态度的主题呈现。换句话说，自然生命观才是《竹林的故事》的核心精神。

在谈论《竹林的故事》美和悲的特征时，我们已经无数次用到了"自然"这个词来予以概括和形容。《竹林的故事》中的美与自然有着非常密切的联系，甚至可以说就是以自然为本质。无论是自然风景，还是人物性格、人物形象，以及艺术的表现，都丝毫无造作之态，完全是自然生命的真实体现。所以，就作品中自然生命观的表现而言，一方面是在其生命形态上，即事物和人的行为不做刻意的表现，始终以自然本色的方式生存；另一方面，也是更重要的，是以自然为中心的生命态度。就是以顺乎自然的态度看待生命，不以物喜，也不以物悲，始终以恬淡的心态看待生命中的万事万物。这两方面在作品中虽然时有侧重，但基本上是融为一体，共同对生命进行谛视。

自然景物主要表现为客观的生存形态，但也蕴涵着自然的生命态度。《竹林的故事》的景物描写淡得几乎没有，正是因为作者不追求绚烂的生命形态，尊重自然界自然流转的生命方式。将之与同样为自然描写圣手的沈从文做比较，沈从文的自然风景虽然也追求清新雅致，却较多细致描摹，传达出的是对生命更积极、更入世的另一种态度。相比之下，那些追求宏大主题的作家作品更以表现自然的绚烂美为特征了。

故事的叙述同样寄托着自然的生命态度。作品中的时间流逝，世事变幻，包括"我们"在那里求学，离开，再回来；又如三姑娘由小孩变成姑娘，又变成妇人……在作者的叙述下，就如同青草绿了要黄，黄又转绿，都是自然流转，不着感情，也不起波澜。典型如老程的去世，虽然事发突然，又肯定是对他们家庭生活构成巨大打击的大事情，但作品却写得波澜不惊，不着任何渲染。包括对给三姑娘母女留下的悲痛，也没有做任何的细化描述。这一叙述态度的背后，显然蕴藏着作者以自然为中心的生命态度。在他看来，死，如同生，都不过是生命中的自然状态，不需要给予特别的难过与悲悯——就像王羲之《兰亭集序》中的"修短随化,终期于尽"。

这是作品对老程去世后情景的描写。在这里,人的死亡与自然的变迁没有任何分别,也就没有值得特别关注的理由:

> 然而那也并非是长久的情形。母子都是那样勤敏,家事的兴旺,正如这块小天地,春天来了,林里的竹子,园里的菜,都一天一天的绿得可爱。老程的死却正相反,一天比一天淡漠起来,只有鹞鹰在屋头上打圈子,妈妈呼喊女儿道:"去,去看坦里放的鸡娃",三姑娘才走到竹林那边,知道这里睡的是爸爸了。到后来,青草铺平了一切,连曾经有个爸爸这件事实几乎也没有了。

其中还包括作品中的人物称谓。人物称谓虽然简单,却也能传达出感情态度。《竹林的故事》中的人物几乎都没有全称的名字,老程,三姑娘,"我",都是如此。这里显然寄寓着一种生命态度:在生命巨大的网下,每个人的命运都如同青草,如同竹子,没有差异,那么,有什么必要以名字来体现出差别呢。有谁曾见过哪棵小草哪根竹子有名字吗?——这一点,就像在作者看来,自己原有的名字冯文炳显然多余,干脆废掉名字,以"废名"来称呼自己得了。

主人公三姑娘依然是自然生命观最典型的体现者。三姑娘的所有行为方式，包括其外表、服饰，包括其善良和气，都没有丝毫的刻意，完全是自然真实的流露，因此，体现出一种自然真实美的生命境界。这里，我要特别对一种观点进行辩驳。这种观点的基本立场是认为三姑娘的生存状态违背自然的特性，在她身上体现了封建礼教思想的精神制约，也是作家思想束缚的结果。在这种观点看来，三姑娘完全不能与沈从文《边城》中的翠翠相比，三姑娘对生命的自觉，尤其是对个体欲望的觉醒，远不如翠翠。[1]

我的看法完全不同。三姑娘与翠翠确实有很多不同，其背后也体现了废名与沈从文思想上的差异。但以之来臧否人物，则不太妥当，更不能以之来否认三姑娘形象的自然特征。三姑娘对性、对热闹持淡然的姿态，完全可以看作是另一种自然的生命态度，就如同翠翠那么热烈地追求爱情、充满生命的激情，也是一种生命态度一样。三姑娘之不愿意热闹，不是出于外在的压制，而是出于她的内心，或者说是作者的生命态度（毕竟，任何人物形象都是作者的创造物）——在自然的生命观里，热烈、灿烂，显然并不是主流，平淡才是其真谛。三姑娘的生活形态，包括幼小失父，甚至说在她出生之前就可以感受到死亡的影响，包括与母亲相依为命的成长，到最后出嫁为妇，繁衍后代，生儿育女，

---

[1] 王毅：《三姑娘：制作的美丽——重读冯文炳（废名）〈竹林的故事〉》，《湖南文理学院学报》2006年第1期。

都是顺其自然状态生长，典型地体现了一种自然的生命方式。这一形象在一定程度上可以让我们想到许地山《缀网劳蛛》中的尚洁，她们都体现了作者顺应自然的生命态度。

与之相关联的是作品中"我"与三姑娘的情感问题。持三姑娘反自然生命态度的学者认为"我"对三姑娘是有爱情的情感的，只是由于作者思想的局限，有意对这种情感进行了弱化甚至是压制，因此，作品没有表现出自然健康的人性世界。这完全是对作品的误读。在作品中，"我"和三姑娘都是大的命运背景下的自然流转者，他们或许有某些同病相怜、惺惺相惜之感，却绝非普通男女情感所能囿限。甚至可以说，将他们的关系用男女情感来理解，显然是对作品原意的曲解，也降低了其思想高度。

这里还涉及对作品中一个颇为费解的细节的理解问题。就是作品结尾处，"我"在与三姑娘睽违多年之后，偶然碰到。"我"虽然对她心有所念，却不愿意与她相见："暂时面对流水，让三姑娘低头过去。"这一行为显然背离常情，也与作品前面叙述的对三姑娘的美好怀念有些不一致。因此，有人认为这是"我"对爱情的幻灭所致——三姑娘已经成为他人妇，已经不再纯情，因此，"我"不愿意与她相见——其实，这正是作品基本生命态度的重要体现。正因为在"我"看来，生命之修短随化，顺其自然，也没有必要去为之多加留恋、多做呼叹——设想，如果"我"与三姑娘重逢，两人再来做一番故人相遇，或者感叹，或者流泪……不管如何处理，都既是对整篇作品自然淡泊叙述基调的破坏，也与作品的生命态度完全相悖。

三

《竹林的故事》中的自然生命观，是废名整体人生观念的体现。废名的思想体现着多方面的综合，其中有传统的道家思想，也有禅学的思想（这两种思想本身就有许多共性），还有西方现代人道主义的色彩。可以说，融合了现代与传统、中国与西方的不同文化。当然，对这些思想，废名不是生硬拼凑，而是将它们化为自己的思想，自然地融合，体现了强烈的创造性。《竹林的故事》中表现的自然生命态度，既可看到中国传统的禅佛思想影响，也有浓郁的道家文化意味，更是废名自己创造性思想的体现。

在《竹林的故事》中，我们可以看到道家和佛家思想的许多影子。其对待死亡和自然的态度，与庄子的"齐万物，一死生"思想有深刻关联。在庄子看来，人与自然相统一，其生死兴衰与自然万物一样是一种规律，因此不值得特别的痛苦，也不值得特别欣喜。对于人生，庄子在《庄子·外篇·知北游》中就说："阴阳四时运行，各得其序……人生天地之间，如白驹之过隙，忽然而已。"又说："人之生，气之聚也；聚则为生，散则为死"，表现的都是自然为中心的生命观。佛家的人生态度也主张顺应自然，只是它更为消极，只讲人生悲苦，只讲以被动的、逆来顺受的态度对待人生中的一切，放弃积极的奋斗和抗争。

在《竹林的故事》中，道家思想影响的痕迹要更深一些。这也许是因为《竹林的故事》是废名的早期作品，他的思想还没有完全堕入到在他后期思想中占主流的禅佛思想中去。《竹林的故事》的生命观中虽然涂染上了几许人生的悲哀，但不是完全的消极，并不能掩盖人生美的价值，也可以看到其对日常生命价值的怀念和肯定。或者说，在《竹林的故事》的生命观中，可以看到自然、达观，可以看到对人生命短暂的无奈叹惋，既有出世，也有某些入世。多种思想和人生观念融合于一体，体现了错综复杂的特点。当然，我们也许还可以从中体会到与西方存在主义哲学相通的某些思想，所谓人一生下来就意味着死，但正因为生太过短暂，所以要珍惜其美，要对自己的存在负责，要慎重对待人生。

毕竟，在创作《竹林的故事》时，废名只有24岁，对于一个如此年龄的青年人来说，要完全看破红尘，心如止水，显然是有些为难的。所以，对此作，废名后来曾进行过自我批评，说："我以前写了一些小说，最初写的集成为《竹林的故事》，自己后来简直不再看它，是可以见小说之如何写得不好了。"[1]这当然是过于严格的自评,但客观上说,与废名后来的《桥》《莫须有先生传》等作品比较起来,《竹林的故事》确实有所不同。它还不是那种完全的遗世而居,还带着较深的现实生活气息。包括三姑娘,尽管已经有些不着情感的痕迹了,但比起《桥》里的细竹和琴子,还是多了许多生活的鲜活和生动。而这,也许正是它拥有比《桥》等作品更广泛读者群体和声誉的重要原因。

《竹林的故事》的生命观内涵复杂,相互之间甚至有所冲突。因为一般说来,优美与自然应该是相和谐的,但悲哀却似乎有些偏离。但《竹林的故事》成功地将它们巧妙地融合起来,将它们凝结为一个整体,形成了既含蓄、充满张力,又相互渗透、互为促进的关系。这也许对我们理解这篇作品造成了一些困难,但正是这种张力形式构成了一种独特的美感魅力。因为,说到底,生命本身就不是单一而是复杂多元的。我们说生命短暂,韶华易逝,但又是美丽难得,值得特别珍惜。面对此情此景,任何一个生命的智者,不都得以顺其自然的态度来对待吗——最典型的是王羲之的《兰亭集序》:"而况修短随化,终期于尽。死生亦大矣,岂不痛哉?"这是人类永恒的悲哀,永恒的痛苦。《竹林的故事》将人生这几个方面融为一体,虽有表面上的矛盾,却体现

---

[1] 废名:《立志》,原载《华北日报·文学》,1948年2月15日,第8期。止庵编《废名文集》,东方出版社2000年版,第275页。

了生命最深刻的真谛，因此也就具有了特别的感染力和生命力——这也许比刻意地去表现什么宏大深邃主题要来得更随意更自然，也更有价值。

另一个突出的地方，是《竹林的故事》的艺术表现与思想主题有非常巧妙的结合，甚至可以说二者达到了自然契合的境界。作品一方面将诗意和散文结合在一起，尤其是化用古典诗歌意境到现代小说艺术中，呈现出诗与散文融合的独特艺术美，使整篇作品如同是一首优美而感伤的抒情诗，从而开了中国现代诗化小说的先河；另一方面，作品又有明显的现代气息，贯注着现代精神。如对女性、弱者的同情，对自然生命的关注，都有现代人道主义的特征。更重要的是，整个作品的意境美、思想内涵都与其人生观念和谐地共存。自然的平淡质朴，生命的简单流逝，人物形象的淡雅平和，人物情感的旷达自然，都凝结为其中的一部分，各有侧重又互为整体。所以，读这篇作品，我们既能体会到在中国古典诗歌中才会有的优美意境，又能感受到其中淡泊的人生观，深化我们对生命的理解。所谓"每有会意，便欣然忘食"，欣赏这样的作品，也是一种阅读的境界吧。

还需要指出《竹林的故事》的生活气息和白描艺术。《竹林的故事》的生活气息使它能够超越于单纯的说理和禅趣，能够与更多的心灵、更多的世俗人生相通，具有更丰富的感染力。其中，废名艺术表达的技巧不可不提。如作品塑造人物，虽然着墨不多，却是充分运用点染之法，以白描予以点睛，使人物形神俱备，很有个性，甚见风貌。对人物外表如此，对人物之间的情感亦如此，在一个个简单的细节和人物对话里，可以感受到人物复杂的内心世界。比如三姑娘，只写她宁可待在家里陪母亲，不愿意去逛庙会凑热闹，就充分体现了她独特的个性，也含蓄地表达了一个少女复杂细腻的心思。同样，作品中的"我"，很少有直接的表现，但只是与三姑娘的简单一句对话，只是在多年后与故人有了相见的机会，却是避而不见，静看流水，蕴涵了一种复杂的内心态度。这一点，与中国古典小说的表现艺术有深深的关联。可以说，《竹林的故事》既是小说，又是诗歌，也是一篇意蕴深沉的散文。

最后，以著名诗人陶渊明的《拟古》（其四）一诗作结。陶渊明是对废名思想影响很深的诗人，《拟古》的意蕴与《竹林的故事》也有某些共同处。从中，我们也许可以体会到与《竹林的故事》中类似的情感，加深我们对小说的理解和鉴赏：

> 迢迢百尺楼，分明望四荒，
> 暮作归云宅，朝为飞鸟堂。
> 山河满目中，平原独茫茫。
> 古时功名士，慷慨争此场。

一旦百岁后,相与还北邙。
松柏为人伐,高坟互低昂。
颓基无遗主,游魂在何方!
荣华诚足贵,亦复可怜伤。

周作人《故乡的野菜》：
以淡写浓，别赋深情

在中外文学史上，讴歌故乡、怀念故乡的作品太多了，也涌现出了许多名篇。周作人的这篇《故乡的野菜》以自己独特的个性留存于文学史上。作品创作、发表于1924年，后来收入作者的散文集《雨天的书》。

作品最突出的个性特征是平淡。这一点在开头部分即体现得很明显。在人类文化中，故乡是具有独特文化内涵的概念，人们想到故乡，都会自然地产生强烈的怀念之情，写故乡，一般也都喜欢强化、渲染自己与故乡之间的感情。但是，这篇作品不一样，或者说它刚好相反，它是尽量淡化自己的感情。因此，作品一开始就特意申明"我的故乡不止一个，凡我住过的地方都是故乡"，并且声明"故乡对于我并没有什么特别的情分,只因钓于斯游于斯的关系,朝夕会面,遂成相识"。也就是有意抽空"故乡"这一概念中所蕴含的独特文化和情感内涵,从而淡化文章的情感因素。

开头部分定下了文章的基调,后面的内容也以同样的特点发展。这一方面的表现是尽量将对故乡的书写客观化,避免主观感情的投入。因此,作品没有将故乡书写与"我"带有个人情感色彩的生活回忆结合起来,而是采用了知识化的方法,运用大量的引文,穿插大量的风俗知识介绍。这样,"我"的存在被知识所取代,自然避开了个人情感的抒发和渗透,淡化了情感色彩。而且,几段富有知识性的引文的介入,还能达到另一个效果,就是增添文章的情趣。因为个人感情的抒写,如果完全局限于"我",情趣难免单调,难以让读者产生新鲜感。但是,通过引文的方式,让其他人的思想情感和艺术旨趣加入进来,既传达出其他的生活画面和风俗世界,又能造成蕴藉舒缓而又富有变化的艺术效果,艺术世界更为丰富多样,也更为生动多姿。

通过作者这样的结构和表现,作品确实取得了不一样的效果。它不像许多写故乡的作品一样有着浓得化不开的情感,而是显得冲淡平和,但又没有失去真正的感染力量。虽然作品极力避免个人情感的介入,但事实上,它并没有真正去除掉情感,"我"的思乡情绪,在作品力求客观化的叙述中依然若隐若现,始终传达出很强的情绪感染力。说到底,作品虽然努力淡化感情，却并没有否认感情，而真正个人感情的价值和深厚与否并不在于如何渲染，而在于是否真挚深切。并且往往越是深切的感情就越不以夸张和外在的方式显示出来，就像人们所说的"大悲无泪，大笑无声"，真挚的个人感情往往质朴地体现在我们的日常生活中，体现在我们生活的每一细节中。所以，《故乡的野菜》淡化情感的表达方式，不但不会让读者误以为作者情感冷淡，反而会达到一个很好的效果，感情躲藏在客观化的叙述和知识当中，若淡却浓，具有独特的感染力。它带给我们的审美享受，不是激烈的情绪波动，而是心灵的些微感染，如清风掠过，虽不震撼却长留于心。比较起我们经常见到的那种对故乡情感反复渲染甚至不惜煽情虚构的作品，显然更有新鲜意味，也更让人感到真实深切。

作品如此艺术风格的背后，既是作家独特的审美观，也是与中国传统文化有密切联系的审美观，就是中庸。中国文化很讲究中庸之道，所谓"怨而不怒，哀而不伤"，"含而不露，意在言外"，思想情感和行为方式都不宜往极端方向发展，对情感的表现更要求尽可能含蓄深沉，方式不能太直接和太外在。中庸是儒家文化的中心，也造就了中国文学含蓄蕴藉的总体艺术特征。周作人很赞赏这种审美态度，这篇作品就是他创作上的一个实践。

当然，我们需要注意的是，这种淡雅的笔法运用在叙写故乡这样蕴含深情的题材中可行,但运用在本身就比较平淡的题材中就不一定合适了。因为以淡写浓是一种艺术境界,或者说是一种生活境界——真正的勇者往往不在外表的凶狠,真正的智者不在脸上的聪明,真正的富者也不一定衣着光鲜——因此,就能体现出一种独特的韵味。但若以淡写淡,把握不好,则可能会淡而无味。艺术境界的追求和探索是无止境的,文学艺术的标准也充满开放性和多元性,但个性和创造性则是永远不可改变的根本。

萧红《小城三月》：
个人之爱与民族之痛的交融

记得前几年有学者为萧红《呼兰河传》的主题意蕴发生争执。争论的焦点是如何看待茅盾当年对《呼兰河传》的批评，作品的主题究竟是表达作者的孤独寂寞，还是继承了五四启蒙传统，表达了国民性批判的主题。[1]其实，在我看来，这两方面的意蕴《呼兰河传》都有所包含，或者说，这正是萧红作品的长处和特点，即她能够将个人情感世界与宏阔的民族社会主题相融合，既真切地体现了自己的创作个性，又渗透着对时代和社会的深刻剖析。这一点，在萧红的

---

[1] 参见王科《"寂寞"论：不该再继续的经典"误读"——以萧红〈呼兰河传〉为个案》，《文学评论》2004年第4期；陈桂良《"寂寞"论果真是对萧红作品的"经典误读"？——也谈茅盾评〈呼兰河传〉并与王科先生商榷》，《文艺争鸣》2005年第3期。

著名短篇小说《小城三月》中亦可清晰地见出。

一

从表面上看，《小城三月》的悲剧似乎完全是个人的。翠姨的死，除了她自己，似乎与谁都无关。她暗恋一个男青年，却没有勇气表白，更没有勇气对家里安排给自己的婚姻进行拒绝，只能在绝望、寂寞和痛苦中憔悴，最终，在出嫁前夕郁郁而终，走向死亡。而事实上，她并不是完全没有摆脱这种悲剧的可能。因为她的家庭并不是那么专制，如果她能够进行坚决地拒绝，她的包办婚姻是可能被取消的。所以，这悲剧似乎只能归咎于她的性格，抑或是她的宿命……

但细致察来并不如此，悲剧虽然与翠姨的性格有关，但同时也是她所生存的时代的产物。正像小说标题所寓意的，此时的小城还是处在乍暖还寒的料峭早春，处于新和旧的交替当中。城中虽然已经有了像"我伯父"家这样开放的家庭，但更多的人却还处在传统观念之中，或者说还在经受着传统与现代的过渡，人们的生活方式，特别是心灵，还没有从传统的束缚中解脱出来。翠姨的生活中就可以清晰地感受到传统文化的无形压力。如仅仅因为她出身于寡母家庭，就遭到别人的轻视和拒绝。当然，更重要的，翠姨自己也是这样一个处于时代更替时期的悲剧人物。一方面，她虽然出身低微，也没有文化，但在时代的感召下，她的心灵有了初步的觉醒，有了对自由和爱情的渴求；但另一方面，她还没有真正地觉醒，还部分地徘徊在过去，为传统伦理所羁绊和束缚。她还没有真正独立走向自由、追求自由的勇气和能力，还深深地陷入对自己家庭和身份的自卑中，充满着生活的压抑和自我怀疑，只能默默地爱、无声地死。

在这个意义上说，翠姨如果丝毫没有觉醒，没有追求自由的愿望，也许就不会有这样的悲剧；而如果她能再进一步，能够更果敢地说出自己的愿望，大胆展开自己的追求，也许就会得到幸福，至少不会陷入现在的悲剧结局。只有在这新旧交替之际的时代夹缝中，才可能出现这样的悲剧——这，也就像作品中反复出现的时间隐喻：早春。一切似乎醒了却又没有真正觉醒。就像是黎明前的黑暗，又像是战争结束前的最后一颗子弹。因其与光明太近，因其是黑夜的最后余威，因此，它才显得特别的遗憾，特别的令人惋惜。

所以，翠姨的悲剧可以说是个人的，但更是时代的，她的悲剧，是一个时代的缩影，也是一个从旧到新、从传统到现代不可缺少的过渡阶段，具有时代变迁的历史必然性，是时代文化的真实产物。翠姨就像那些刚刚从母亲的怀抱中挣脱出来的鸡雏，它也有自由和独立的渴望，向往着外面的世界，但它的能力却还不够，也许，它就会死亡在这样的诱惑和追求中——放开一点想，翠姨的自卑和绝望也不是完全没有道理，或者说她的被扼杀具有某种必然性。时代和社会已经先在地限制了她的生存空间，窒息了她的生存希望，她对爱的憧憬确实一定程度上超越了她的现实能力。正因为这样，她所爱的对象居然对她的爱一无所知，她也没有得到任何爱的回报。我们设想，即使她大胆回绝了旧式婚姻，也很难说就能够得到自己理想的爱情。她的悲剧是有一定时代必然性的。她的家庭，以及周围的环境，都作为铺垫，与翠姨的内在心境和外在表现一样，共同构成着这种必然性悲剧的时代背景，只不过翠姨的心境体现得隐晦，而她所生活的家庭、社会体现得更明确更具体罢了。所以，小说写的虽然是一桩个人化的小悲剧，却从这个普通的年轻女性的爱情命运中透视到时代的脚步，看到热闹繁华背后的冷清和寂寞。

在从传统到现代的巨大转变中，这样的悲剧数不胜数，但是也许它太微弱了，太渺小了，很难引起我们大家的关注。尤其是与我们的时代洪流比较起来，这样的小人物的悲剧似乎没有值得书写的价值。正是在这里，萧红展现了她的特别。这不仅是体现了她作为一个女性作家特别的敏感和细腻，更重要的，是表现了作为一个优秀作家所必须具备的大爱精神——《小城三月》这样的悲剧，这样弱小卑微的灵魂，只有不完全被政治大语境所束缚，只有保持了自己真实的自我，只有真正具有对人的尊重和平等意识，而且还具备着充满怜悯和温情的关爱，充满着细腻而真切的人性柔情，才能够捕捉到，才能够做出如此真实的表现。萧红的个性也帮助《小城三月》实现了深沉而繁复的艺术效果。正因为作品充满了对普通人命运的心灵关爱，翠姨的悲剧才显得那么沉重而感人；也正因为翠姨的悲剧微小却又很深刻，作品才能那么深地触动读者的思想和精神世界，让读者在为翠姨之死感到惋惜的同时，对这个社会的文化变革有了更多的期待。

二

《小城三月》的艺术表现也非常契合其主题。从表面上看，作品非常温婉，带有强烈的个人气息，但另一方面，作品的内核又实际上是充满着刚健的，个别叙述甚至可以用冷峻来表示。

从个人方面说，典型如其儿童（少年）叙述视角。作品的叙述者是一个不谙世事的小女孩，又与女主人公有很好的私人关系，其叙述自然带着深厚的感情，具有特别打动人的力量，而且女性的叙述方式婉转曲折，将女主人公委婉而复杂的心曲传达得很真切。如作品中的买绒绳鞋情节，通过儿童的旁观视角写出来，效果非常独特，既没有让翠姨的心理情绪过分外露，又巧妙地传达出其敏感脆弱的内心世界。此外，作品强烈的抒情笔致也很具个人性。其开头和结尾处都花了很大篇幅来写景，这些美景不只是自然景物，更蕴藏着叙述者强烈的怀念故人的情绪，强化了作品的感伤色彩。

但是，作品的深层世界并不像表面这么简单，或者说在它童稚化和抒情化叙述的背后，包含着比较深的技巧。比如作品的真正叙述者并不是那个尚处童稚的小女孩，而是一个对人生和社会有太多感触的成年人。她对翠姨的故事保持着童年时代的记忆，但她进行叙述时已经长大了，是一个具有现代意识的成年女性，是一个现代的还乡者。作品开头和结尾处对翠姨悲剧的深情感喟，正是这种"还乡"姿态的体现。所以，小说的儿童视角不过是一个幌子，或者说只是一个技巧，其真正的叙述意图在其背后。作品的情节设计也与之相似，貌似简单，背后其实颇为精巧。如买绒绳鞋，如客厅中翠姨与"哥哥"的单独相会，都是日常生活平凡的小故事，却都很有暗示意味，也是情节推动的重要因素。

这一特点在作品的细节描写上可以看得很清楚。作品有一些细节颇为模糊和含混，如翠姨最后的死亡原因，以及她与"我堂兄"之间的感情关系。这种模糊是成年和童年两种视角交叉的结果，也蕴含着叙述者对人物命运的复杂感情。这种模糊叙述的直接效果是主人公的情感世界显得更复杂，也使作品的主题具有了双重性。也就是说，作品叙述上的模糊与含混不完全是艺术上的刻意追求，而是作者心灵的自然体现。或者说，作品的这种矛盾，正折射着萧红内心中两种复杂情感和文化态度，是两个萧红的精神世界在交叉。一个是个人的，一个是集体的；一个是怀旧的、感伤的，一个是批判的、否定的……这一点，很容易使我们想到《红楼梦》对林黛玉的描写。正如很多研究者指出来的，《红楼梦》中的林黛玉贵为贾母的外孙女，日常生活也似乎平淡温暖，但实际上，她内心中蕴含着很深的悲苦，失去双亲的痛苦，寄人篱下的感伤，使她对爱情特别珍惜，也拥有着似乎略显病态的敏感和担忧。而这一切，作品都没有明示，只是在一些非常小的细节中传递出来，让细心的读者去揣摩体会。有学者指出萧红创作有《红楼梦》的影响，这在《小城三月》的细节描写中可见清晰的印记。

同样出于这一原因，《小城三月》大范围的写景和抒情都不停留于情感层面，而是具有象征含义，寄托着作者更深的寓意。其对乍暖还寒的早春场景的描写，春天到来的不容易，固然是隐含着对时代的感叹："郊原上的草，是必须转折了好几个弯儿才能钻出地面的，草儿头上还顶着那胀破了种粒的壳，发出一寸多高的芽子，欣幸地钻出了土皮。""……春来了，人人像久久等待着一个大暴动，今天夜里就要举行，人人带着犯罪的心情，想参加到解放的尝试……春吹到每个人的心坎，带着呼唤，带着蛊惑……"结尾处对春天的歌颂和慨叹，更是包含着对美好希望的憧憬："春天为什么它不早一点来，来到我们这城里多住一些日子，而后再慢慢地到另外的一个城里去，在另外一个城里也多住一些日子。"作品对于翠姨命运的叹惋，既是个人情怀的抒发，也传达出对时代的喟叹："不久春装换起来了，只是不见载着翠姨的马车来"。

  《小城三月》的复杂思想和艺术特点与萧红的创作个性以及创作时的心境有关，也联系着当时的时代社会背景。作品创作于1941年，是萧红的最后一部作品。当时的萧红流落香港，身心俱疲，《小城三月》自然会流露出其个人心绪，传达着她思乡的痛苦和留恋。而此时节的中国，也正处在抗战中最艰难的时节，国土沦丧，子民颠沛。萧红在作品中寄寓的感怀和伤痛显然有这双重的烙印存在。当然，萧红毕竟是五四文化的继承者，北国生活和文化也孕育了萧红的刚性气质，因此，《小城三月》尽管感伤，却并不低沉，虽然个人化，却也时刻联系着时代，既充满着希望和对未来的憧憬，也将个人悲剧与时代批判结合在一起。作品的结尾，虽然女主人公翠姨非常遗憾地过早离开了人间，但是春天还是不可阻挡地来了，春天的气息，人们的幸福和欢乐是不可阻挡的。故事虽然是充满柔情和感伤的悲剧，却不软弱低沉，能够促使人们对社会进行思索，令人期待着人们的醒悟和改变。

三

　　《小城三月》虽然只是一篇短篇小说，但它所表现出的特点却是萧红许多作品所共同拥有的。《呼兰河传》如此，《生死场》等也未尝不如此。这是萧红小说能够在中国新文学历史上留下自己深深印迹的根本原因，而且，这一特点的价值不只是对萧红个人，对整个新文学，尤其是女性文学都有启迪意义。

　　因为受文学传统、启蒙思想与现实社会环境等多方面的影响，新文学作家们的文学创作主流与时代政治有着较深的关系，大多数作家们都在积极关注宏大的社会政治事件与文化批判主题，对时代中的个人命运和心灵世界却比较疏忽，甚至经常存在为了成就宏大主题而牺牲个人价值的情况。表现在女性文学上，是许多女作家选择主流化的政治文化认同，她们的创作中没有显著的性别特征，或者说可以基本上混同于男性作家。而作为对这一创作主流的不满与反抗，新文学也存在另一种创作潮流，那就是完全沉溺在个人世界里，自觉隔绝于外在社会，典型如二十世纪八九十年代的"先锋文学"和"个人化写作"潮流。在女性文学领域，早先有张爱玲、苏青为代表，后来兴起的"小女人写作"和"女性主义写作"也基本上属于这一类型。这两类相抗衡却未必互补的创作，构成了新文学在个人与集体、自我与社会关系书写上的基本类型。

这一创作现象的出现有其存在理由和社会背景，但它所产生的局限是明显的。因为文学从本质来说就是个人与社会的结合，没有个人心灵的关注，也就失去了文学的独特魅力。完全切断与社会的联系，也丧失了文学（包括作家本人）作为社会存在物这一基本原则——尤其是在20世纪以来中国社会的背景下，完全疏离社会确实不应该是作家的正常写作状况。更重要的是，这样的执其一端，很容易影响文学一个非常重要的因素——对爱的关注。文学的独特之处是切入人的心灵，其重要特点是以情感人，爱是其不可忽略的前提。真正优秀的文学，往往是既有个人的真切，又有深远的关怀，蕴含着博大深切的爱心。如安徒生的《海的女儿》《卖火柴的小女孩》等作品，写的是再小不过的生活，它们能够成为人类文学的名篇，所依靠的正是真切的个人情感力量和深远的人道主义精神。中国的《红楼梦》等作品，也是深入人的灵魂世界，表达在巨大封建家族势力下个人的追求以及失败的过程，对人物的关爱和对社会揭示的深度是其拥有漫长生命力的重要原因。没有个人关怀，就难以形成真正的、具有感染力的情感价值，而反过来，如果完全局限于自我世界，容易陷入鲁迅所说的"咀嚼着身边的小小的悲欢，而且就看这小悲欢为全世界"[1]，其

---

[1] 鲁迅：《且介亭杂文二集》，《鲁迅全集》第6卷，人民文学出版社1981年版，第242页。

关怀的深度和广度也都必然会有大的局限，难以实现文学的高远境界。

同样，就女性作家来说，女性是其重要身份，是其生存和精神独特性的重要来源，但是，其最本质的身份还是作为社会的人，性别只是其多重身份之一。女性作为作家，首先不是因为其性别，而是因为其文学作品："她们令人尊敬，并非因其为女性，而是因为她们是伟大的作家。"[1]她进行文学写作的最高目的不是仅仅在女性自身，而应该是更广泛深远的关怀。所以，作为一个女性作家，最需要的也许不是刻意地去凸显自己的性别，并因此而回避社会，回避自己作为正常社会人的自然关注。她可以表现自己的性别身份，但不应该以之局限自己。她所需要的是凸显出自己作为女性的独特艺术个性，是女性的独特生活和艺术把握力，如对心灵世界的独特敏感，更富有情感的艺术表现，以及更敏锐细腻的艺术感觉。这种艺术个性蕴含着女性独特的生命体验，具有独特的性别气质。能够发挥出这种个性气质是女作家成功的重要前提，而如果能够将这些特点伸展到更广阔的世界，将会使作品的意境更为幽深，境界更为博大，所表达的思想情感更为深邃悠远。女作家不应该满足于成为一名"女"作

---

[1] ［法］阿尼科·热尔：《作家/女作家：不同物种之间的纽带》，《文艺报》，2011年3月2日第6版。

家,而应该力求成为一名女"作家"。

在这方面说,萧红的创作确实具有一定的时代超越意义。她所生存的20世纪30年代和抗战时期,社会矛盾激烈,民族正处于生死存亡的危难之中,许多作家为了现实而放弃了文学和审美。对于这种选择,后来人没有理由进行简单的谴责,但是,从文学角度说,萧红的选择还是更值得肯定的。她将个人关怀和社会关注结合在一起,既保持个人的关爱,又能目光深远,将视野超越个人悲欢,对社会和民众有大的关怀,并能在文学中始终保持独立的自我,不做政治和集体的奴役者和宣传品。她能够既承担作为时代和民族普通一员的责任,又秉持了自己作为优秀作家的独立个性。在政治现实环境如此恶劣的时代,萧红的选择自然是相当艰难,也是很珍贵的。

在中国新文学的女性创作中,萧红的创作并非个案。尤其是进入20世纪80年代后,越来越多的女作家对个人世界和群体世界的关系有了更深的认识,她们既坚持自己的女性特征又进行了积极的超越,使女性文学创作赢得了更高的声誉,在整体上提升了女作家的创作价值。不能说这种集体性的自觉完全源自萧红,但确实,萧红的文学对于这些创作具有一定的先驱性意义。而且,客观来说,也许是因为萧红生存处境的艰难更激发了她生命力的坚韧和深刻,处于相对平和环境中的当代女作家在总体上尚未能达到萧红的思想高度,未能表现出那种民族的悲恸与痛楚,缺乏那种渗入肺腑的大爱和悲悯(当然,当代女作家也在许多方面超越了萧红)。萧红的创作能够感染昨天和今天的读者,也值得今天和未来的女作家们去借鉴和超越。

艾青《雪落在中国的土地上》：
自我与时代的心史

长期以来，在文学史界存在着所谓的"大我"与"小我"之争，也就是文学究竟应该属于个人书写还是时代书写。诗歌界的表现最为典型。如在20世纪50年代至70年代末的近三十年间，是积极揄扬"大我"，对"小我"横加挞伐的时代，徐志摩、李金发、冯至等以表现个人感情为主的诗人都被贬到边缘，郭沫若、贺敬之这样与时代关系密切的诗人则受到大力推崇，《凤凰涅槃》《雷锋之歌》等几乎成为诗歌的代名词。但是，80年代之后，情况发生了颠覆性的变化，诗歌几乎成了"个人"和"自我"的代名词，曾经被推至诗坛峰顶的郭沫若、贺敬之等时代性诗人遭受普遍的质疑和批评，完全远离诗坛中心。

然而，这种略显简单化的变换也许不应该是诗歌（文学）评价的正常方式。无论是片面地张扬时代和集体，还是极力地回归自我和个人，都存在极端化的缺陷。究竟以自我还是以时代为中心，只能是诗人（作家）的个人选择，而不同的选择也完全可能呈现各自的特色，达到相应的高度。事实上，更普遍的情况是将个人与时代特征予以结合。特别是那些受到广泛好评的优秀作品，大都熔铸了自我与时代的双重因素。这些作品中既有真实的自我，又不局限于个人，它们能够在个人基础上透射出更广泛的关怀，呈现出更宽广的视野。

艾青的著名诗歌《雪落在中国的土地上》就是如此。这首广为人们传诵的诗歌，真切地传达了个人对民族、国家的深厚感情，又展现了抗战时期中国土地的艰辛、苦难和奋争，可以说，诗歌所抒发的，既是自我的诚挚心灵，也是时代的沉重心史。这首诗歌虽然不被时下许多诗歌评论家所重视，但正如其中的名句"雪落在中国的土地上，寒冷在封锁着中国呀"一直为人所传诵，作品的价值值得我们更深入地探讨和认定。

一

《雪落在中国的土地上》创作于1937年12月28日，正是中国抗战局势急剧恶化的时候。当时艾青刚落脚于湖北武汉，一个寒冷而带着雪意的冬夜，寒冷萧瑟的天气，家园沦丧和困顿生活的悲愤，凝成了喷涌的诗情，也造就了文学史上的这首名作。诗歌发表在1938年1月出版的胡风主编的《七月》杂志上，1939年1月收录在诗集《北方》中。[1]

诗歌以"我"想象中的视角，细致地展现了一个中国北方冬天的雪夜，那些在日寇侵凌下百姓的生活场景。有"那从林间出现的，/赶着马车的/你中国的农夫"，有"沿着雪夜的河流，/一盏小油灯在徐缓地移行，/那破烂的乌篷船里/映着灯光，垂着头/坐着的……""蓬发垢面的少妇"，有"就在如此寒冷的今夜，/无数的/我们的年老的母亲，/都蜷伏在不是自己的家里，就像异邦人/不知明天的车轮/要滚上怎样的路程……"尽管年龄、身份有别，但他们或漂泊无依，或颠沛流离，都遭受着侵略者的杀戮和凌辱，都处在生存的艰难和苦痛当中。正如评论家所说："诗人对古国的黑暗和冷酷有深刻的感受，他唱的挽歌是非常深沉的。他对人民的苦难有深刻的同情，他描述的穷人的形象，是使人禁不住感到伤痛的。"[2]诗歌中的这些百姓，既是真实的个体，也象征和代表着更广大的中国老百姓，代表着灾难深重的中

---

[1] 叶锦：《艾青年谱长编》，人民文学出版社2010年版，第45页。
[2] 胡风：《回忆参加左联前后》（五），《新文学史料》1985年第2期，第27—35页。

华民族。

除了人的生存，诗歌还展现了更广阔的自然世界。在战争的阴影下，大自然也同样是阴暗而沉重的。除了"阴暗的天"，还有同样冷酷而无情的"风"，"像一个太悲哀的老妇，/紧紧地跟随着/伸出寒冷的指爪/拉扯着行人的衣襟，/用着像土地一样古老的话，/一刻也不停地絮聒着……"，以及更辽远而抽象的生活画面："透过雪夜的草原/那些被烽火所啮啃着的地域，/无数的，土地的垦殖者/失去了他们所饲养的家畜/失去了他们肥沃的田地/拥挤在/生活的绝望的污巷里，/饥馑的大地/朝向阴暗的天/伸出乞援的/颤抖着的双臂"。这些画面，与前面描述的那些人物形象一道，共同构成了北方草原的整体图景，折射出中国社会的沉重现实。这一切就如同诗歌的中心意象"雪夜"，既寒冷又沉重，静寂无声，却压在每一个中国人的心上，让人苦闷、忧郁又无奈。诗歌中反复吟唱的主题诗句"雪落在中国的土地上，寒冷在封锁着中国呀……"更淋漓尽致地展现了这一主题。

这样寒冷的冬夜，这样艰辛的百姓生活，诗歌的基调自然忧郁而沉重，它蕴含着诗人强烈的民族忧患意识，也体现了诗人的独特敏感。诗人深刻地洞悉到了战争中的苦难和沉重，认识到"中国的路/是如此的崎岖/是如此的泥泞呀"，更传达出时代性的恐惧和迷茫，包含着对民族和未来的深深忧虑。这正如诗人对创作缘由的自我表白："于是我在战争中看见了阴影,看见了危机。……我以悲哀浸融在那些冰凉的碎片一起,写下了《雪落在中国的土地上》。"[1]

然而,尽管如此,诗歌却并不给人以绝望感。它忧郁沉重,但更促人思考和关注现实的艰难处境,以唤起更坚毅的勇气。而且,诗歌还蕴含着内在的向前的力量,让人产生对未来光明和希望的期待。这源于诗歌背后强烈的爱的情感基础。诗歌在描述雪夜中那些孤独无助的漂泊者和奔劳者时,不是置身事外,而是完全把自己当作其中的一员,把自己所经历的苦难进行坦诚的展示,表示出与他们同命运共患难的态度。"告诉你/我也是农人的后裔——""而我/也并不比你们快乐啊/——躺在时间的河流上/苦难的浪涛/曾经几次把我吞没而又卷起——/流浪与监禁/已失去了我的青春的/最可贵的日子,/我的生命/也像你们的生命/一样的憔悴呀"。诗歌的结尾,诗人更将自己的写作与时代的苦难直接关联,进一步传达对时代的深切关怀:"中国,/我的在没有灯光的晚上/所写的无力的诗句/能给你些许的温暖么?"所以,人们在诗歌中,除了读到时代的苦痛,还可以感受诗人的温暖和关爱——这正显示了诗歌的独特价值。要求诗人像战士一样去冲锋陷阵是不现实的,要求诗歌一味做"子弹"和"投枪"也是得不偿失的短时功利。诗歌的意义正在于在苦难中表达

---

[1] 艾青:《为了胜利——三年来创作的一个报告》,海涛、金汉编《艾青专集》,江苏人民出版社1982年版,第167页。

温情，在痛苦中传达希望，以爱和希望的方式激励人们走出困境、走向希望。所以，虽然它不如诗人稍后创作的《北方》那样在对历史英雄的歌吟中表达信心和希望，更不如更晚的《向太阳》《黎明的通知》一样以太阳、黎明等明丽的意象来传达对胜利的期盼，但是，这种将自己融入社会大众的感情更为具体切实，也更有感染力——对于这首诗歌所传达的感情和希望色彩，诗人显然感受很深，也颇为自信的。正因为如此，当诗人写完这首诗的时候，天气也很巧，真的下起雪来了，于是，他骄傲地对同行的友人说："今天这场雪是为我下的。"[1]

艾青是一个深爱祖国的人。他说："如果一个诗人还有着与平常人相同的心的话（更不必说他的心是应该比平常人更善感触的），如果他的血还温热，他的呼吸还不曾断绝，他还有憎与爱，羞耻与尊严，他生活在中国，是应该被这与民族命运相连结的事件所激动的。"[2]他的早期诗作《大堰河——我的保姆》真切地传达了诗人对乡人的深厚感情，对身份卑微的保姆，对与自己没有丝毫血缘关系的保姆的子女们，诗人都充满着真诚的关切，抒发了对故乡土地、人民的真挚感情。抗战时期的艾青，颠沛流离，耳闻目睹了许

---

[1] 叶锦：《艾青年谱长编》，人民文学出版社2010年版，第46—56页。
[2] 艾青：《诗与时代》，《诗论》，江苏文艺出版社2010年版，第42页。

多家破人亡、惨不忍睹的人寰悲剧，强烈地感受着时代的压抑和压力，更强化了对故土、百姓的关切深情。在《雪落在中国的土地上》创作前的几天，当听到家乡杭州沦陷时，他陷入极度的悲愤，以散文形式表达了自己热爱家乡和悲痛的心情："今天，我想念着杭州，我想念着，眼前就浮起了它（少时）的凄凉，我是极度的悲痛着，但我却不再流泪了。"[1]而在距离诗歌创作过去了四十多年后的1983年，艾青在回答南斯拉夫记者采访时还说："我对土地、家乡、穷苦人，总是充满同情。我写的《我爱这土地》，我把自己比作一只鸟，即使我死了，羽毛也要腐烂在故土上面。诗的最后，我说：'为什么我的眼里常含泪水？因为我对这土地爱得深沉。'这前一句也许有些夸张；这后一句，的确是发自灵魂的真音。"[2]

正是这种真实而强烈的个人感情，使诗歌的时代抒写不是空泛的口号而是特别的真切，诗歌中的"我"也同时具有了真实的艾青个体和时代抒情者的双重身份。从深层次上看，诗歌在思想情感上所具有的忧郁沉重和激人奋进的效果，正是来源于个人与集体、自我与时代和谐共振的关系。真实的自我感情，赋予了诗歌强烈的关爱，而对时代的内在

---

[1] 艾青：《忆杭州》，《艾青全集》（第5卷），花山文艺出版社1991年版，第6页。
[2] 叶锦：《艾青年谱长编》，第54页。

关切，又是真实自我情感的源泉。所以，诗歌既充盈着真实深切的自我情感，又传达出了时代的现实和精神状况，兼具真情的感染力和时代感召力。

正因为如此，著名诗人牛汉这样评价这首诗："他的诗是艺术生命形态的生成和创造。语言不是简单的情绪的外化，而是与内在生命不可分割的，它整体地形成了诗的有声有色有形的搏动着的生命体。"[1]确实，诗人的喉咙不能只为一己的哀乐而歌唱，如果这样，他的诗歌也就不能拥有更广泛的意义，不能被更广泛的读者所接受和喜爱。读者只有在他的诗歌里读到了自己的真实生活，或者在其中发现了自己的匮乏，才可能对之产生兴趣，被其所吸引。在这个意义上，诗人既要是真实的自我——只有真实的诗人才能具有真情，才能感动人——同时又要是超越性的时代——只有这样，才会有更广泛的读者在诗歌中发现自己的生活，感受到自己的时代。所谓的"诗史"，都是如此！

二

艾青的诗歌艺术被很多人认为是中国新诗的集大成者，它融合了前人的浪漫主义和象征主义，也凝聚了"自由诗"和"格律诗"的某些因素。但也有批评家认为艾青的诗歌过

---

[1] 牛汉、郭宝臣：《艾青名作欣赏》，中国和平出版社1993年版，第133页。

于"散文化",忽略了诗歌的音乐性特征。这一点,就像很多人评价倡导"自由诗"的郭沫若一样,认为他们对新诗发展方向有不好的引导。在这些人看来,诗歌离不开歌的韵味和音乐美的特征,如果失去了这些,就难以称得上是诗歌。

如何看待中国新诗的形式,特别是对于自由与格律,确实是仁者见仁智者见智,很难有定论。就上面从音乐性角度对新诗和诗人的批评也不能说完全没有道理。但是,笔者以为,诗歌确实不应该离开音乐性,但是音乐性内涵不应僵化固定,而是发展变化的,在变化中体现出新的音乐美。

《雪落在中国的土地上》在诗歌的韵律上也给我们以启发。它虽然是散文的形式,却绝对不同于一般的散文化。它有一种贯穿性的情感,这种情感主导了作品的语言和节奏,也形成了一种内在的韵律,而这内在的韵律正是我们许多自由诗所匮乏的。就像牛汉先生对艾青诗歌韵律的评价:"读艾青的诗(不仅指《北方》),我们仍能自然地读出它内在的有撼动感的深沉的节奏。艾青的自由诗,其实是有着高度的控制的诗,它的自由,并非散漫,它必须有真情,有艺术的个性,有诗人创造的只属于这首诗的情韵……"[1]诗歌的音乐性不应只表现为外在的押韵回环,更应体现为内在意核、节律的贯通。

---

[1] 牛汉、郭宝臣:《艾青名作欣赏》,第145页。

《雪落在中国的土地上》的这种音乐美,不只是技术上的原因,它更是思想和情感上的结果。艾青诗歌散文化的形式特征和内在的节奏韵律美,在根本上来自于诗人对自我与时代关系的巧妙处理。

从时代角度考虑,为了再现时代的纷繁和复杂,以现代汉语书写,是不可能采用那么机械的形式的,只有散文体的形式才能更充分地展示时代的状貌。《雪落在中国的土地上》采用了异于古典意蕴却又非常典型的诗歌意象,它们完全来自于生活。如赶车的农夫,孤苦的少妇和老人……都具有鲜活的生活气息,又蕴含丰富的象征意义,描画了"像这雪夜一样广阔而又漫长"的"中国的苦痛与灾难"。从中,我们可以看到时代的具体景象——也是诗人感受到的真实现实,也可以透过其背后去洞察更深远的大的背景。

但是,艾青的诗歌又不是一味地让时代来主宰作品,诗歌中始终有内在的主体感情为主导,统率着整个诗歌,因此,诗歌能够拥有内在的节奏和韵律。《雪落在中国的土地上》整首诗歌的情感是完全的整体,在对诗歌进行朗诵时,必须有贯穿性的情感,才能准确传达出诗人的情感和思绪。所以,在诗歌音乐性上,《雪落在中国的土地上》可以说是为中国新诗提供的一个突出个案典范。关于新诗的形式,自由与格律争论各执一词永无休止。我想,大部分人能够形成共识的是,新诗确实不能完全"自由",但也不可能完全以僵化的格律来规范它。闻一多"新格律诗"实验的失败，已经意味着表面格律化道路的终结。艾青的诗歌貌似无格律，实则有内在的韵律和节奏，并且与内容融合在一起，非但不生硬勉强，而且富有变化。他这种音乐美的效果其实并不逊色于各种新格律诗。比如闻一多的《死水》、戴望舒的《雨巷》等，算是新诗史上比较有名的格律化诗歌，它们也确实显示了格律化的特色：或一韵到底，或每段用韵，都体现了对旋律化和节奏化的追求，也都因其音乐性特质而流传久远。艾青对诗歌音乐美的理解和实践方式与闻一多等人不同，却殊途同归，都具有生动灵活的艺术效果。而且相比之下，艾青诗歌的韵律可以根据诗歌内容、情绪的需要进行自动的调整，更为自然多样，方法也更灵活，富有变化。这不是说艾青的诗歌形式就一定可以作为新诗典范和方向，但是，它的成功至少能够为新诗形式探索提供很好的启迪。

三

在今天的文学背景下，谈论艾青的诗，似乎有些逆时代潮流的意思。当前诗歌界流行的，是奥登、艾略特以及其他的欧美现代诗人，即使偶尔谈到中国新诗，主流也是穆旦、冯至、李金发，最多还有一个戴望舒。曾经在文学史上很辉煌的郭沫若、徐志摩，早已经被弃之若敝屣了。艾青的遭遇也基本相似，自于20世纪80年代与一些朦胧诗人闹翻之后，主流诗歌群就基本上将艾青作为落伍者的代表，最近三十年间，艾青在诗坛的地位呈现明显下降的趋势。

这里面有因为政治或文学观念所导致的情绪化因素，但更重要的是诗歌观念方面的变化。其一是前面谈到的个人与时代关系。个人化的诗歌写作成为潮流，艾青、郭沫若等诗歌中较强的时代气息不符合这一潮流，自然难以被人青睐。其二是对诗歌主旨由抒情到哲理的偏重。在传统诗歌观念里，抒情是诗歌最重要的要素，但近些年来，在西方现代诗歌观念影响下，人们对诗歌主旨的侧重有很大变化：抒情受到贬斥，思想成为诗歌的首要要素。传统的浪漫主义诗人基本上退出人们的视野，取而代之的是以哲思见长的诗人，知性诗歌成为最受推崇的类型。中国现代诗歌方面，穆旦、冯至、卞之琳的地位已经远远超过了曾经辉煌的郭沫若、艾青等。

诗歌观念随时尚的发展而有所变动是很正常的事，这是文学经典化的一个必需过程，只有经过时间和风尚的反复淘洗，才能留下真正的珍宝。但是，完全以时尚作为文学的评判标准，也难以沉淀真正的经典，它们更需要客观全面的辨析。

其一，需要对个人感情与时代感情有所区分。诗歌当然要以个人真情实感为基础，只有情感真挚，才能具有感人的力量。但是,如果仅仅局限于一己情感,不能将之升华与拓展,诗歌的境界、格局始终会受到局限。只有将个人情感与更广泛的社会关怀结合起来,才可能达到更高的文学境界,实现更高的价值意义。一个诗人在创作中需要思考:诗歌究竟是为什么而写作?也许存在着一些为自己写作或为未来写作的诗人,他们也会在一定的潮流中被认可、被追捧,但是任何在诗歌史、文学史上留下自己名字的诗人,都必须首先在自己的时代深深地刻下印迹,在自己的民族文化中拥有一席之地,这样他才有可能真正进入历史的空间。能够与时代如此之紧密地联系,铸就了艾青诗歌的内在魅力,也是抗战时期文学的宝贵遗产。

笔者以为,只有将个人和时代和谐统一,将个人情感予以时代性和人类性升华的诗歌,才是最有价值的诗歌。艾青说过:"最伟大的诗人,永远是他所生活的时代的最忠实的代言人;最高的艺术品,永远是产生它的时代的情感、风尚、趣味等等之最真实的记录。"[1]显然,他是以之作为他诗歌创作的追求目标。《雪落在中国的土地上》正是从"小我"的真诚和深切出发,却蕴含着强烈的时代创痛,表达了难以排遣的民族苦难和生存苦闷,以及对未来、对自由难以遏制的渴求,它是将自我与时代融合和升华的杰出作品。

---

[1] 艾青:《诗与时代》,《诗论》,第45页。

其二，诗歌中的思想和情感的地位问题也应该更全面地分析。的确，在中国现当代诗歌界，存在着抒情泛滥、虚假的情况，而思想的厚度也会增加诗歌的深度意义。但是，也不能一概而论，对于诗歌，情感的力量从来都不应该缺失。事实上，真诚、坦率、质朴的感情，特别是蕴含了更广泛内涵的感情，也是有感染力、穿透力的。建立在真实生活感受基础上的抒情诗歌自有其魅力。诗歌针对的主要还是人的情感世界，情感往往与具体的人、生活密切联系。所以，我们不宜将抒情或思想作为诗歌发展中相互割裂的两种方向，而是应该以更宽容和丰富的态度对待它们，促进诗歌风格的多样化发展。

特别是就中国诗歌传统来说，保持自己的抒情个性，使其往深远处发展，也许更有意义。《雪落在中国的土地上》就充分体现了抒情的真诚和质朴。它没有丝毫的炫耀和玄虚，而是将自己与农民等同，心灵相连，感情朴素而真切。在诗集《北方》的序言中，艾青写道："我是酷爱朴素的，这种爱好，使我的情感毫无遮蔽，而我又对自己这种毫无遮蔽的情感激起了愉悦。很久了，我就在这样的境况中写着诗。"[1]

为了更好地比较诗歌的个人与时代、知性诗歌与抒情诗歌的特色和意义，我们可以选择抗战时期著名诗人冯至的著

---

[1] 艾青：《北方·序》，海涛、金汉编《艾青专集》，江苏人民出版社1982年版，第82页。

名作品《我们准备着》来与《雪落在中国的土地上》进行比较。冯至的诗歌重视哲理性和个人性，他的诗集《十四行集》近年来广受推崇，《我们准备着》是其中流传最广泛的一首。全诗是这样的："我们准备着深深地领受/那些意想不到的奇迹，/在漫长的岁月里忽然有/彗星的出现，狂风乍起。//我们的生命在这一瞬间，/仿佛在第一次的拥抱里/过去的悲欢忽然在眼前/凝结成屹然不动的形体。//我们赞颂那些小昆虫，/它们经过了一次交媾/或是抵御了一次危险，/便结束它们美妙的一生。/我们整个的生命在承受/狂风乍起，彗星的出现。"冯至的这首诗歌确实意蕴深沉，它致力于对抽象的生命和哲学意义问题的深邃思索，富有思想的穿透力和洞察力，而且，其诗风内敛，感情深藏在意象和思想的背后。不过，就与时代的关系看，这首诗歌体现得不是很明确，诗歌几乎完全融化在个人的思想世界里，与时代几乎没有什么明显的关联，也难以在诗歌中感受到当时的战争背景和时代氛围。艾青的《雪落在中国的土地上》风格与之完全不一样，其沉重深切，浓烈的时代气息和个人感情传达，体现的是另一种诗歌趣味和艺术追求，它更容易为人理解、接受，也更容易产生社会性的感染力。两首诗歌属于知性诗歌与抒情诗歌的不同典型，其思想艺术魅力和社会影响也存在较大差异。

  所以，虽然我们不能要求所有的诗人都关注时代，但可以期待所有诗歌都真诚,都有比自我更深远的关怀。同样,我们可以喜欢艾略特、穆旦、冯至那种充满知性和理性光辉的诗歌,但也不会忘记普希金、聂鲁达和艾青这样优秀的抒情诗人。诗歌的殿堂本来就应该是丰富的、多元的,而不应该是单一的、狭隘的。特别是从抗战的特殊时代背景上看,我们更应该看到艾青诗歌方向的意义,在民族危难的时期,沉湎于个人世界显然是对于自我责任的逃避,关注时代也正是关注自我。在这个意义上,艾青的《雪落在中国的土地上》从深重的民族危难中走来,也必将更长久地融化在我们民族的历史中、文学中。无论在任何时代,这样的作品都不会失去其经典意义,也不会丧失其深广的感染力。

徐志摩《再别康桥》：
自然与节制之美

在中国现代文学中，尤其是现代诗歌史上，徐志摩的经典诗歌《再别康桥》可谓流传最为广泛、最受读者欢迎的作品之一。无论在什么场合，诗歌朗诵会、毕业晚会、朋友聚会，甚至在婚礼上，都可以听到这一作品的声音。之所以能够这样广泛地流传，与诗歌的优美意境和曼妙旋律有密切的关系，同时也是因为告别的主题在生活中非常广泛，容易引起读者的共鸣。但个人以为，更重要的，还是作品的审美特点，在于它既贴近生活、自然亲切，又能对情感的表现有所节制和含蓄。这使它能够祛除现实生活中离别所包含的悲伤因素，对离别的题材和情境进行艺术的超越，具备了更纯粹的美学效果。

一

　　自然是《再别康桥》最突出的审美特点,其典型表现是情感的真诚挚切。诗歌抒发的是惜别之情。这种略带私密性的感情,发自内心,又无题材上的特别之处,要想感动别人,必须以真诚待人,以真诚唤起读者记忆深处的类似感受,从而获得读者的心灵认同。

　　这首诗对所表达的情感并没有做特别的渲染,而是朴素自然地娓娓道来。先是来到康桥的河边,与故地告别。虽然是告别,诗人的心绪却并不显沉重,首节连用三个"轻轻的",尤其在"轻轻的招手"中,我们可以体会到诗人的洒脱态度,体现出诗人并没有因为惜别而情绪不快。因为故地重游,时间还早,诗人就很自然地沿着河边再走走。一路走来,不自觉地,诗人被河边的美景所吸引,沉醉其间,逐渐进入到与这些景物有关的亲切回忆中。随着诗人流连的脚步渐行渐远,天色也渐渐暗淡,诗人在拜伦潭边陷入了曾经最幸福场景的回忆——与亲密的友人撑着长篙,泛舟在潭水之上,往日的欢声笑语激荡起诗人内心的欣喜。在这里,诗人的情绪达到了高潮。正像他忘记了现实的季候,他已经完全忘记了此行的目的是来惜别,这段难忘日子已是不可再返。

　　猛然间,诗人从记忆中苏醒,回到了现实。其情绪也自然有着清晰的陡转,回忆是最快乐和最激情的,现实却是最黯淡和最无奈的。于是，现实再一次在诗人笔下展开时，呈现的已经是整首诗歌最低沉和灰暗的场景："夏虫也为我沉默，沉默是今晚的康桥。"虽然诗人对自己的心绪未着一词，但从对"沉默"一词的两次反复中，我们可以体会到诗人的心有多么落寞、多么苍凉。"别"的主题在这时候达到了极致，诗歌也进入到情感的最低点。最后，诗人已无心再流连美景，也无法再叙别情，于是，在诗人的强作欢颜中，诗歌迅速地结束。与一开始来作别时的洒脱轻松相比，这时候的诗人无论情感还是心绪都已显得精疲力尽，甚至无力再将告别的手抬起，只能勉强地"挥一挥衣袖"，无奈地走向人生的下一个旅程。

短短的二十多行诗，情感却经历了百折千回，诗人走过了从轻松的告别到情感的迷醉，再到无奈的落寞这一复杂的惜别过程。仔细算来，诗歌描述的时间并不短暂，从"夕阳"到傍晚，最后离开时已经到了很安静的夜晚。我们可以想到诗人惜别的路走了多长，他流连的情感有多深沉。

诗人的情感当然是个体的，凝结着他对于这段生活的独特记忆和情感依恋，但从另一方面说，这种心绪变化的过程，在告别当中并不鲜见。我们生活中也经常会这样：本来是想与朋友告别的，但聊着聊着，已经完全忘记了告别的目的，沉醉于和谐亲密的友情当中。等到欢谈结束，真的走向告别，才意识到这样的相聚也许难以再现，自然而然，情绪会有较大的变化。正是因为诗歌遵循人之常理，表达出了我们日常生活中常有却又难以清晰言说的情感，才能够很容易被我们的心灵所接受，能够很自然又很深切地打动、感染着我们，这应该是诗歌拥有如此广泛感染力的重要原因。

除了情感表达外，《再别康桥》在艺术表现上也颇现出自然之美。其意象的选择是再平常不过，都是徐志摩曾生活的日常环境。之所以只有郊野，没有校园，与徐志摩的真实生活、与他心中对康桥的深情眷恋直接相关。作为诗人，徐志摩不愿意受过多的羁绊，与呆板的课堂相比，他肯定更钟情自然。徐志摩一生追求"一种'单纯信仰'，这里面只有三个大字：一个是爱，一个是自由，一个是美"[1]。河畔上的金柳，软泥上的青荇，河中的水草，榆荫下的清潭，天空中的云彩，傍晚的夕阳，夜空的星光，这些自然意象，在诗人笔下展现出康桥梦境般迷人的美景，同时也流露出诗人对此地的情感之厚，热爱之深，思念之久，眷恋之浓。此外，诗歌的词藻清新流畅，如同生活口语，几无雕饰，更少做作。其押韵也自然，不刻意追求严谨，而是每段一韵，以自然顺畅为主。句式虽然较整齐，但也有变化，尤其是"寻梦"一节，句式较前有明显错落，既与诗歌情感上的变化自然照应，又给整首诗歌带来了形式上的灵动。

---

[1] 胡适：《朋友心中的徐志摩》，百花文艺出版社1992年版，第8页。

二

《再别康桥》的自然之美直接关联着其另一特点，那就是节制之美。所谓节制，就是在情感及其表现上不着全力，而是有所保留。这一点，与作者当时关系密切的新月派"理性节制情感"的美学思想有直接关系。[1]比如说，闻一多曾经说过，他写诗的时候往往是等"感触已过，历时数日，甚或数月以后……记得的只是最根本最主要的情绪的轮廓，然后再用想象来装成那模糊影象的轮廓"[2]。也就是让情绪沉淀，以免太热烈的情感会影响诗歌的节制美。同样，徐志摩写康桥也是这样。《再别康桥》就是在他离开康桥数月之后才写下来的。时间的淘洗，情感的酝酿和沉淀，使徐志摩没有被现实中离别时刻的情绪所羁绊，而是让理性给予它们更多的冷静和节制。

事实也确实如此。根据徐志摩的生活史料记载，徐志摩创作《再别康桥》时正处生活不顺之际，"1928年出国之前，徐志摩的情绪坏到了极点，婚姻已出现了严重危机。朋友们都劝他暂时离开一段时间以摆脱恶劣的心境。'这次出

---

[1] 钱理群、温儒敏、吴福辉：《中国现代文学三十年》，北京大学出版社1998年版，第129—133页。
[2] 闻一多：《闻一多全集（第12卷）》，湖北人民出版社1994年版，第245—246页。

国并无必要,可说纯粹是为了躲避家庭的烦恼。'"[1]。也有研究者认为徐志摩再回康桥的目的是追忆与林徽因的康桥之恋。[2]无论何种推测,总之徐志摩的康桥之行是带着沉重心情故地重游,今日的现实生活与昨日的天真幸福时光相参照,心境更容易陷入迷茫与遗憾当中。

但是,在诗歌中,诗人却是尽可能地将自己的情感淡化,将不愉快的心绪掩藏起来。所以,作品虽然写的是离愁别绪,在前大半部分却看不出有任何悲戚之感。相反,无论是开头部分的轻松洒脱,还是中间诗节对河岸美景的欣赏,以及对往事的深情追忆,都尽显欢快气氛,只有到最后两段,情绪才变得低沉,但诗歌很快戛然而止,一切留在不言之中。"悄悄的""沉默"两词的重复使用,表现诗人压制内心告别的悲伤,勉励自己摆脱心中那深深的、长长的离别之思,尽力压抑心中浓重的情感。对于自己低沉的情绪,诗歌一点也没有多做渲染,"我挥一挥衣袖,不带走一片云彩"。虽然可以感受到诗人强作潇洒背后的沉重,但还是不能不感叹诗人节制与淡化情绪的良苦用心,也可以体会到诗人力求坦荡的胸怀和乐观的人生态度。

---

[1] 桑绍龙:《"再别康桥"与谁惜别——徐志摩〈再别康桥〉情感指向考辨》,《新闻爱好者》2008年第12期,第54—55页。
[2] 高占伟、丁毅:《初恋失败的咏叹调——读徐志摩〈再别康桥〉》,《湘潭大学学报》(哲学社会科学版)1997年第3期,第21—22页。

另一方面是得益于诗歌艺术上的处理。与其情感一样，诗歌整体表现很平实，除了表达对康桥的爱，对其离别之情无一处夸张和渲染，无一处情感的强烈抒发、浓情重彩，尤其是最能见出感情的开头和结尾部分，分别用"轻轻"和"悄悄"两个含蓄深沉的词语来表达，似乎一切都在不言中。诗歌对河畔金柳、榆荫下的拜伦潭、天空的星辉等的描绘，借用了中国古典诗词的某些意境和艺术手法，但细细品味，徐志摩已经将古典意境现代化了，他由"金柳"想到"新娘"，美好的时刻不会因为离别而消逝，由"潭"中"浮藻"想到"天上虹"和"彩虹似的梦"，由"星辉斑斓"想到"放歌"，都可见出诗人心境的舒缓、轻盈，能让我们感觉到情意的缠绵，却感觉不到古典诗句中常见的淡淡的哀怨。徐志摩将离别时的缠绵之情进行了现代改造，也赋予了对待离别的现代方式，那就是节制情感，以更宽广坦荡的胸怀面对世界。诗歌首末两节是其典型表现，也赋予了诗歌情感充分的现代特征。两诗节中的"轻轻"和"悄悄"二词，既都含深情，又显不同心境，但都以"走"作为结束，显示诗人努力将自己的情感予以淡化的心思——就如同诗歌咏叹的"不带走一片云彩"。

值得特别提出的是，作品的情感节制并不悖逆于自然的特点。按照一般常规的理解，自然与节制是相矛盾的。因为自然要求的是纵情表达，而节制却是要含蓄有所保留。但是

《再别康桥》却将二者很好地结合。这一方面与作品对情感表现的选择有关。诗歌的主要篇幅放在诗人尚未陷入离愁时的情感，而一旦诗人情绪低沉了，诗歌就有意识地结束了。也就是说，诗歌的情感并非不强烈，只是因为诗歌的巧妙处理，读者能读到的只是诗人的情感淡化处，其强烈处只能留给读者去体会和想象，诗人留下的只是美和潇洒，以及些许的无奈感伤，至于痛苦，只留给自己去慢慢品尝。所以，我们绝不能说诗歌情感不自然，同时又能体会到其节制之美。

应该说，诗人的努力确实没有白费，因为诗人情感的淡化处理，诗歌虽然也有情感的较大起伏，却能保持比较轻松洒脱的基调，整个作品呈现出和谐的美学状态。这也使作品不落入一般离愁作品表现伤感和低婉情绪的俗套，而是委婉中有豁达，深情中有宏阔，在关怀和境界上都超出了同类作品。也因为这样，在诗歌的接受中，人们一般不将它局限在离别题材，对其意义的理解和韵味的体会都更为深远。

徐志摩是一个富有智慧且具浪漫气质的诗坛才子，浪漫之人往往有着丰富的情感，但徐志摩在这首诗中，涌动的情思、难以表白和倾诉的心意都只用"沉默"一词平淡地表述出来，此所谓"此时无声胜有声"。

三

《再别康桥》自然和节制的美学特色,在同时代诗人中并非独创。比如,比徐志摩更早创作的汪静之、应修人等"湖畔诗人"也是非常强调"自然之美",着意追求情感的坦率和真诚;而与徐志摩关系密切的闻一多、梁实秋等则更看重含蓄、节制的美,闻一多新格律诗理论中著名的"三美"原则就是以"节制"为中心。不过,像徐志摩这样将自然和节制结合得如此巧妙的诗人却不多。"湖畔诗人"太过直白,淡而少味,闻一多则是过于节制,难免显出斧凿的痕迹。

从更深层次上说,《再别康桥》体现着中国传统文学的美学精神。自然之美与节制之美都是中国传统文学审美的重要原则。《诗经》的《国风》是自然美的完美体现,"汉乐府民歌""古诗十九首"等继承其传统。此后,虽然儒家文化对之有所限制,但始终不乏文学家执着地追求。李白影响深远的著名诗句"清水出芙蓉,天然去雕饰"正是其充分写照。节制之美尤为如此。它深刻蕴含着中华民族含蓄深沉的性格特征,又与儒家文化有内在的精神一致,最典型地表现出中国文学的个性气质。"哀而不伤,怨而不怒",在一定程度上确实可以作为中国古典文学的基本美学原则。

民族文化性格无所谓优劣,无可置疑的是,文学创作必须深深植根于民族文化的传统。从文学发展来说，一方面，文学最基本的读者肯定主要来自本民族，要想充分地实现文学作品的价值意义，充分地关注和发挥民族审美传统，使自己的创作与受这种传统滋养的读者群形成良性的和谐关系，是非常有必要的；另一方面，文学要在世界文学之林中拥有自己的一席之地，不可能只是模仿别人，必须具备独立的、创造性的、以深厚文化传统为背景的审美个性——这种个性不只体现在外部生活和形式美感中，更在于内在的美学精神，在于其看待事物、品评事物、展示事物的内在理念和思想。在这个角度说，《再别康桥》虽然只是一首小诗，其内涵尽管不是非常博大，但它所渗透出来的美学品格，以及由此而展现出来的民族美学特征，却能够给我们很多启示。

《再别康桥》的美学特征还关联着一个重要内涵，就是文学与社会大众、与文学接受之间的关系。诗歌是非常个人化的，它与自我、大众的关系始终是一个争论的焦点。《再别康桥》在这方面将个人与社会做了很好的结合。它所抒发的离别之情是个人化的，但是，它没有将情感拘泥局限于此，而是通过淡化客观上使之有所升华。我们既可以说诗歌写的是实际上的离别之情，又完全可以将它拓展开，放在更深远的背景上来看。它可以是我们面对人生旅程的某一个过程，也可以看作一种单纯的情绪，优美、感伤、无奈、深情，似乎都有一些，又都不那么激烈。而且，作品以"别离"为中心，但意旨却不局限于此，它还蕴含着对美的赞赏和留恋，特别是对自由精神的向往。这从作品的意象选择上可以看出来。诗歌选择的意象都是大自然的美景，是自由和美的生活细节，其中蕴含的是诗人不羁的情怀，既可看作是对现实的不满，也是一种理想的张扬——在这个意义上，诗歌未尝不可看作是借对康桥别离之情，来浇自己孤独精神的块垒。正是这一点，使作品能够既充分地个人化，又得到大众的共鸣。

我以为，这部分原因在于徐志摩的文学观。徐志摩虽然以强烈追求自我、张扬个性引人注目，但他不是将诗歌当作纯粹的个人书写，而是很看重读者的接受（在他的创作生涯中，不乏这方面的诸多努力和尝试）。他追求的诗歌艺术，不是晦涩、封闭和孤芳自赏，而是晓畅明白。他不故弄玄虚，拼命遮蔽和掩饰自己，而是将读者当作亲密的朋友，将自己的心灵真诚地袒露出来，传达给读者。这样一种对读者的尊重和亲近，体现了徐志摩对文学接受的重视，也是他的诗歌能够很好地感染读者、受到大众喜爱的重要原因。当然，徐志摩的诗歌也不尽一致。他也创作过像《翡冷翠的一夜》这样较为雕琢、局限于个人情感得失的作品，但是，他的绝大多数作品，特别是《再别康桥》《雪花的快乐》和《我不知道风是在哪一个方向吹》等名作，确实充分地将自我与大众相结合，突破了精英与大众、纯文学与通俗文学的界限。

在中国近百年的文学史上,能够将个人与社会、自我与大众如此和谐统一的诗人、诗作不是很多(艾青也许是其中之一。这也是艾青诗歌能够成为抗战时代的民族诗史,其《北方》《我爱这土地》等作品能广泛流传的重要原因)。在思想层面,诗人们多受时代潮流所激发,热衷于社会集体情感,乐于作时代的颂歌和战歌,却有意遮蔽和抹杀真实的个人精神;也有一些诗人反其道而行之,一味沉溺于个人世界,在孤独的抒情或玄思的深奥中吟唱。在诗歌艺术上,诗人们也普遍走向两个极端:或者是完全的通俗化和大众化,以粗犷质朴为美,反对一切修饰和雕琢,甚至有意写得要比口语还土、丑、粗;或者是追求唯美,热衷运用西方化的意象、欧化的句子甚至欧化的诗体,充斥着书面的华丽辞藻。这一倾向,在中国现代诗歌中如此,到新诗发展近百年后的今天依然如此。我们只要看诗歌界门派分立、党同伐异的状况,就会对此有很深的感受。

所以,个人以为,人们在进行文学(特别是诗歌)审美评价时,应该更多地考虑文学接受和普及的因素。文学固然不可忽略深入的个性追求,但也不应该忽略大众接受和社会影响的因素。毕竟,文学的意义不仅仅局限于自我,只有当文学的光芒充分照射进广阔的世界时,才能产生广泛的影响,才能实现文学的价值。特别是在当前社会背景下,文学遇到图像、网络等诸多现代形式的冲击，文学阅读者日益减少，文学的评价更应该有这样的意识——这当然不是要求文学放弃自我主体、一味迎合读者大众，而是在拥有自我的前提下，兼顾大众对文学的接受。

中国是一个古老的诗歌国度，新诗也已经走过了百年历史。但在今天，人们在乐此不疲地吟诵的，却依然是李白、杜甫、苏轼，依然是唐诗宋词，很少有几个现代诗人、几首现代诗歌为读者所认同、所喜爱。对此，许多诗歌理论家也许会很不以为然，会找出各种理由来解释，甚至表达他们的不屑。但对于普通读者来说，这却是一个很大的遗憾。毕竟，无论从内容还是形式说，传统诗歌都过于遥远了，新诗则与他们更为切近。而且，他们的心灵也期待着文学（诗歌）美的滋养，他们也渴望在文学（诗歌）阅读中提升自己的生活，愉悦自己的灵魂。对于读者的这些吁求，我们的诗歌历史缔造者、我们的诗人都没有任何理由忽视。对于诗歌（文学）史，我们既需要歌德、华兹华斯，也需要莎士比亚，需要彭斯。对于诗人（作家）来说，得到读者大众的欢迎和流传，让自己的思想和美渗透进读者的心灵世界，产生滋养和启迪，这些比得到什么奖励，甚至比进入某部文学史，还要具有更深远、更博大的意义。

周立波《禾场上》：
匮乏时代的素朴之美

说"十七年"是匮乏时代，主要有两个方面的意思：一是物质层面。"十七年"处于共和国的初建期，又遭遇多个国家的政治经济封锁，特别是"大跃进"运动等多种原因导致的大的生存灾难，物质上的落后和匮乏是不用多说的。二是文化层面。"十七年"文化单调和受"左"的影响是全方位的，主动的、被动的，西方的、传统的，思想的、体制的……时代文化的来源单一、僵化，民众的思想和行动少有自由的空间，独立精神和思考能力更是被频繁的政治运动所压抑。在这样的匮乏下，"十七年文学"的生长自然难以健康与健全。从创作量而论，当时每年问世的作品数量少得可怜。正因此，任何一部长篇小说的问世都能够获得惊人的销量,甚至获得全国性的巨大反响。从文学质量而论,也确实难以觅见真正具有现实批判力和深度探究人性的作品——在那样的环境下,即使有这样的创作,也根本不可能有问世的机会。

但是,这并非意味着"十七年"时期的作家们没有付出自己的努力,也不意味着"十七年文学"完全没有自己的文化和审美价值。事实上,只要深入到这时期作家的精神世界,我们就可以充分感受到许多人始终坚持对文学的虔诚,在时代的匮乏之下,他们有着真诚的困惑、艰难的转型以及努力的追求,他们中的绝大多数是时代悲剧的无奈牺牲品。同样,我们阅读这时期的作品,也可以发现它们并非没有自己的价值。尽管它们并不完美,但无论从文学史角度还是从纯粹审美角度,它们的意义都不可忽略,在今天乃至未来,它们都不会失去其文化和美学意义。

《禾场上》就是这样一篇作品。它的作者周立波是湖南人,有着很高的西方文学素养,在20世纪30年代就发表小说,同时从事文学翻译工作。1942年的延安整风运动对周立波的生活和创作产生了很大的影响。在时代政治限制下,他思想自由的翅膀被迫收缩,但与现实、大众的关系却更为密切。作为这一影响的体现,周立波创作出了与时代政治密切相关的长篇小说《暴风骤雨》。也同样是为了让自己的文学更好地切近现实,1955年,周立波放弃了在城市里的舒适生活,自愿下放到湖南益阳的家乡农村中,与农民朝夕相处。《山乡巨变》《禾场上》《山那面人家》这些带着浓郁湖南乡土气息的作品,就是这时期的产物。

《禾场上》是一篇短篇小说,创作于1956年底。这时期,中国乡村的农业合作化运动正在急促推进,进行得如火如荼。《禾场上》的内容显然是意图配合和宣传这场政治运动,它撷取了湖南乡村晚间乘凉时一个禾场上发生的短暂故事,宣传了农业合作化运动的某些政策,展现了一幅和谐而美好的乡村现实图景。在对"十七年"政治评价一面倒的背景下,人们对这种与现实关联密切的文学基本上持否定的姿态,但是,文学评价并不如政治评价那么简单。《禾场上》这篇篇幅短小的作品,也具有比其题材内容更丰富的文学意义。

首先,从思想上看,它的意图虽然在于宣传现实政策,但还是通过人物话语表达出了许多农民的真实心声,比如他们对自留地、对基本生活便利和自由性等方面的关注和担忧,真实细致地传达出了农民渴望改变自己命运的愿望,以及对合作化运动的期待与困惑、矛盾与保留的复杂心态,同时也间接表达了农民们对亲民的乡村干部的期待——《禾场上》中的邓部长,与《山乡巨变》中的李月辉一样,都是这种期待的具体体现。应该说,作品的这些表现具有时代真实和超越时代的双重价值。从现实政治而论,农业合作化运动的错误和缺陷无可置疑，特别是在发展的速度、方式和深度上与现实基础严重背离，更促进了时代政治的封建式专横，其结果对于农民和中国社会都是灾难性的。但是，它也并非没有一定的正确性和合理性，比如它的初衷"合作"就具有充分的现实意义。我们不能以结果完全否定过程，也不能以整体而否定局部。另外，在农民处于弱势的时代（即使在今天，情况也依然一样），小说表达他们的真实愿望，传达出他们的复杂心声，也是文学一种值得肯定的品格。

其次，从艺术上看，《禾场上》叙述了一个乡村晚间很平常的乘凉故事，无论生活的场景，还是人物的语言和行为，都绝对是真实本色现实生活的反映，没有丝毫的修饰或者美化。特别是作品中的农民口语，浓郁的湖南益阳方言，几乎闻其声可见其人。在结构上，作品以两个乡村儿童桂姐和菊满充满童趣的对话开头和结束，其间更穿插小孩跟成人的小冲突、村民之间的调笑，如同一部轻喜剧，既真实生动又富有生活情趣。特别是作品开头结尾处，以颇抒情的笔墨描述乡村的自然夜景，更增添了作品整体上的素雅恬淡之美。这幅图景，很能够让人想到中国古代绘画中的乡村，只是它在传统文人画的诗意之外更多了现实感，也更为真切和朴素。

也许源于中国古代文学与乡村的距离，也许源于中国文化向来重视写意传统，写实手法在中国一直相对衰微，《禾场上》这种朴素的艺术美，在中国乡土叙述中并不多见，也不太为人看重。就20世纪乡土小说而言，真正切实地写实、还原乡村生活原生态面貌的作品并不多见，它们也主要集中于"十七年文学"时期。不能说只有这种美学风格才符合对乡村社会的描摹，甚至也不能说它比象征的、隐喻的写法更好，但无可置疑的是，它也是一种有价值的书写方式。比较其他的审美形态，这种素朴之美自有其价值和魅力。

对于今天的大多数人，特别是对于年轻的"80后"和"90后"来说，二十世纪五六十年代是非常遥远的历史了，对于那些曾经改变许多人命运（事实上也是时代命运）的政治事件，他们大多完全陌生，特别是中国乡村中曾经具有的那种集体制的生产、生活方式，他们既没有这样的生活体验，也缺少全面了解历史的机会。而且，现有的历史教科书对这个时期的政治（包括乡村政治、集体制方式）持完全否定的态度，绝大多数的文学史教材也以类似的立场评判其间的文学作品。在这种背景下，像《禾场上》这样的带有较强时代烙印的文学作品，很难被今天的读者，特别是年轻读者所接受。

在这种情形之下，关注中国当代文学，特别是关注"十七年文学"的评论家和研究者们所应该做的也许不是如同政治评价一样一边倒式地简单否定，而是需要更多的客观理性和宽容，在知人论世之余真实呈现历史和人们生存的复杂面貌，揭示出文学作品被政治遮盖的艺术之美。说到底，任何时代都不是完美的，即使是今天，我们也无法声称自己拥有绝对的自由，以及拥有敢于无羁争取自由思想的能力。同样，丰富性和多元性是文学的重要魅力之一，没有哪一种审美风格能够成为绝对的权威。后之视今，亦犹今之视昔，我们今天苛责前人，后人也同样可以苛责我们。体会文学的丰富和多元，更是未来文学发展的重要前提。也许可以让人欣慰的是，文学史不是短暂的，而是漫长时间积淀的结果。也许，在历史能够更全面地呈现出来，"十七年文学"的政治和现实背景被淡化和纯化之后，《禾场上》这类作品的文学魅力和文学史价值才会更清晰地显现出来。我想，只要是真正的、有特色的美，政治和时间都是难以遮掩其光辉的。